René Sommer   Das Mädchen mit rotem Hut

Zuletzt erschienen (edition jeu-littéraire):

Das Popcorn und die Vögel. Kurzgeschichten. ISBN: 978-3-7448-6475-6

Woanderswoher. Roman. ISBN: 978-3-7460-8082-6

René Sommer

Das Mädchen mit rotem Hut

Kurzgeschichten

Bibliografische Information der Deutschen Nationalbibliothek:
Die Deutsche Nationalbibliothek verzeichnet diese
Publikation in der Deutschen Nationalbibliografie;
detaillierte bibliografische Daten sind im Internet über
http://dnb.dnb.de abrufbar.

Editor Factory: ib-lyric (edition jeu-littéraire 1/2)
Author Photo: Erika Koller
Cover Image: Itta Beaux

Herstellung und Verlag:
BoD – Books on Demand, Norderstedt

ISBN: 978-3-7528-1413-2

Inhalt

Ein Moment bei den Bäumen 7

Musik hat Zukunft 15

Hoch 23

Die Antwort steckt im Zitronenkuchen 31

Ein Pik Ass kommt selten allein 39

Die Albino-Fledermaus 47

Gelb wie ein Turm aus Plastikbananen 55

Die Coladose klappt auf 63

Die unersetzliche Milch 71

Das erwartete Versprechen 79

Jeder verdient eine zweite Chance 87

Es ist unmöglich die Landung vorherzusagen 95

An Bord der Yacht sieht alles hell aus 103

Das Mädchen mit rotem Hut 111

Das Erntelied 119

Mit dem Pfeil dem Bogen 127

Das perfekte Versteck 135

Wie klingt Wasser 143

Das gibt es sonst nur im Kino 151

Leicht gefunden 159

Der pink Grashüpfer 167

Notenköpfe mit Knöpfen 175

Duett für 2 Katzen 183

Noch nie hörten so viele eine Gans 191

Das große Los 199

Ein Moment bei den Bäumen

Das Wasser glitzert. Warm und seidig ist die Luft. Johann Sebastian Huch schaut sich neugierig um. Eine knorrige Eiche knarrt, krallt sich in den bizarren Fels.
Eine Frau tigert mit federnden Schritten über die Pflastersteine den See entlang.

- Hallo, ich bin Elina Malik.

Sie hat offene Haare und blassrote Lippen.
- Kannst du beim Gehen nur jeden zweiten Pflasterstein mit dem Fuß berühren?
Huch verlängert seine Schritte.
- Ich denke, das kann ich.
Elina guckt schelmisch hinter dem Haar hervor.
- Kannst du dich auch in einen Käfer verwandeln?
Er breitet die Arme aus.
- Das würde ich lieber auf später verschieben.
Ein Mann albert rum und macht einen Luftsprung.

- Hallo, ich bin Maximilian Handy.

Er trägt neue Jeans, Lederschuhe und einen Wollpullover.
- Hoffentlich störe ich nicht, aber ich kann jederzeit ein Käfer werden.
Elina federt in den Knien.

- Du bist sehr begabt.

Handy verlagert sein Gewicht von einem Fuß auf den andern.

- Ich liebe Verwandlungen. Das ist alles.

Er legt sich auf den Rücken, zappelt mit den Armen und Beinen.

- Jemand muss mich erlösen. Ich brauche eine Prinzessin.

Eine Frau tanzt versunken über den Uferweg.

- Hallo, ich bin Chiara Bille.

Sie trägt eine Strickjacke und ein mit Silberfäden durchwirktes T-Shirt.

- Kann ich etwas für dich tun?

Handy reibt sich mit beiden Händen übers Gesicht.

- Ja sicher, aber nur, wenn du eine Prinzessin bist.

Ein Hauch von Stolz lässt ihre Wangen erglimmen.

- Jeder sagt, dass ich eine Prinzessin bin.

Er atmet tief.

- Gut, das überzeugt mich.

Chiara geht zu einem sandigen Pfad.

- Dann steh auf und komm mit.

Sie wendet sich an Elina und Huch.

- Seid ihr auch dabei?

Elina hält den Kopf vorgestreckt.

- Es scheint, dass Maximilian nicht gehen kann.

Handy springt auf die Füße.

- Doch, doch, mit einer Prinzessin kann ich sehr gut gehen.

Sie klopft Huch auf die Schulter.

- Und ich kann mit dir wie auf Wolken gehen.

Huch lenkt seinen Blick auf den sandigen Pfad.

- Mich nimmt wunder, wo er hinführt.

Tiefe Furchen haben sich in den Weg eingegraben. Er steigt durch die Felsen in die Höhe, wird enger, steiler.

Zwischen 2 Felsen klemmt ein riesiges Schneckenhaus.

Chiara blinkert mit den Augen.

- Da musst du rein.

Handy reibt sich an der Nase.

- Darf ich dazu etwas sagen?

Er kniet vor den Eingang.

- Ich bin ein Käfer, keine Schnecke.

Elina gibt ihm einen Schubs.

- Kriech rein. Sei kein Spielverderber.

Handy reibt die Hände.

- Kommst du mit?

Sie lacht hellauf.

- Ja sicher, wir sind alle dabei.

Huchs Blick schweift in die Ferne ab.

- Ich komme etwas später, möchte zuerst die Felsen erkunden.

Elina dringt mit Handy ins Schneckenhaus.

- Ah, du interessierst dich für Felsen.

Chiara zwinkert Huch zu.

- Das hast du gut gemacht. Wenn sich 2 miteinander verkriechen, darf man sie nicht stören.

Sie deutet auf ein Schneckenhaus, das weiter oben auf einer Felsplatte liegt.

- Gehen wir da hinein?

Seine Hand ruht für einen kurzen Moment auf der Stirn.

- Ich habe den ganzen Tag noch nicht nachgedacht, ob ich

in ein Schneckenhaus möchte.

Ein Mann trippelt tänzelnd um die Felsen.

- Hallo, ich bin Oskar Caban.

Er trägt Jeans, hat kurze Haare und große Augen.

- Es muss jetzt Schneckenhauszeit sein. Ich kann es kaum erwarten.

Chiara klopft ihm begütigend auf die Schulter.

- Du wirst bestimmt jemanden finden.

Caban hält ihre Hand.

- Schon geschehen! Ich habe dich gefunden.

Sie deutet auf Huch.

- Ich gehe mit ihm ins Schneckenhaus.

Caban moduliert die Stimme anders.

- Das kannst du nachher immer noch tun. Ich möchte nur ganz schnell mit dir rein.

Chiara sieht Huch in die Augen.

- Ich zeige Oskar das Schneckenhaus von innen. Es dauert nur kurze Zeit.

Er betrachtet die Landschaft.

- Ist gut. Ich sehe mich ein bisschen um.

Chiara und Caban verschwinden im Schneckenhaus.

- Bis bald!

Huch spaziert durch die Felsen, gerät in eine goldgelbe, karge Steinwüste.

Eine Frau stapft den Serpentinenweg hinauf.

- Hallo, ich bin Carlotta Berndorf.

Sie trägt ein hoch geschlossenes Paillettenkleid und hat einen Zauberwürfel in der Hand.
- Kannst du das Rätsel des Zauberwürfels lösen?
Carlotta dreht an den Steinen, aus welchen der Würfel besteht.
- Möglichst schnell sollten alle Oberflächen eine einheitliche Farbe haben.
Huch verschränkt die Arme.
- Womöglich kannst du das besser als ich.
Sie steckt die Sonnenbrille ins Haar.
- Wie kommst du darauf?
Seine Augen blitzen.
- Du hast den Würfel bereits in der Hand.
Ein Mann läuft über den Weg.

- Hallo, ich bin Emil Barker.

Er trägt ein Polohemd, hat eine kleine Brille auf der Nase.
- Ich löse das Rätsel bei jeder Gelegenheit. Darf ich es euch zeigen?
Carlotta wirft ihm den Würfel zu.
- Ich bin gespannt. Fang ihn!
Seine Hand verfehlt ihn knapp.
- Hoppla! Im Fangen bin ich nicht so geschickt.
Sie läuft dem Würfel nach.
- Hinterher! Wir dürfen ihn nicht aus den Augen verlieren.
Barker versucht, ihr zu folgen.
- Ich bin kein Sportler.
Huch öffnet leicht die Lippen, als würde er ganz tief durchatmen.

- Seid vorsichtig im abschüssigen Hang.

Eine Frau schreitet quer durch die Steinwüste.

- Hallo, ich bin Ronja Lichtenegger.

Sie hat dunkles Haar und freundliche Augen.

- Kannst du die Geräusche von Lastwagen imitieren?

Seine rechte Augenbraue geht hoch.

- Es gibt verschiedene Lastwagen. Da müsste ich genau hinhören und herausfinden, was sich mit der Stimme machen lässt.

Ein Mann tollt über die Steine.

- Hallo, ich bin Jakob Danka.

Er trägt ein eisweißes Hemd, eine fallschirmweiße Hose und eine gleißend weiße Brille.

- Ich kenne einen Elefanten, der die Geräusche imitieren kann.

Ronja sieht ihn unverwandt an.

- Wo ist er?

Danka dreht sich.

- Ich führe euch gern hin.

Er verschwindet im Wald.

Ronja eilt hinterher.

- He, warte auf uns!

Danka guckt hinter einem Stamm hervor.

- Es gibt Worte, die ich nicht mag. Warten, zum Beispiel, höre ich gar nicht gern.

Huch lässt den Blick schweifen.

- Mir gefällt es, im Wald innezuhalten. Da kann ich in aller Ruhe die Bäume anschauen.

Ronja wirft einen streunenden Blick nach vorn.

- Ja, das sind stattliche Bäume. Aber eigentlich würde ich jetzt gern erleben, wie der Elefant die Geräusche imitiert.

Sie hört in der Ferne einen Lastwagenmotor starten.

- Was hat denn der Lastwagen im Wald verloren?

Danka weitet die Arme.

- Sehen wir nach!

Auf einer Lichtung steht ein riesiger Elefant, streckt den Rüssel, ahmt das Anfahren eines Lastwagens nach.

Danka klatscht in die Hände.

- Ein wunderbarer Imitator, nicht wahr?

Der Elefant imitiert das Rückwärtsfahren mitsamt dem schrillen Piepton als Warngeräusch.

Ronja wendet sich an Huch.

- Ich möchte schreien vor Freude. Hast du eine Kamera?

Er lehnt gegen einen Baum.

- Denkst du an eine besondere Kamera?

Sie flattert mit den Armen.

- Nein, irgendeine, die den Ton gut einfängt.

Dankas Stimme kippt leicht über.

- Holen wir doch meine Kamera!

Er rennt los.

Ronja blickt Huch an.

- Kommst du mit?

Er legt sich ins Moos.

- Nein, ich betrachte lieber die Bäume.

Musik hat Zukunft

Durch einen wild verwachsenen Wald tappt Huch. Er muss sich ducken und verbiegen, um durchs Dickicht zu kommen. Knackend gibt das Gestrüpp unter den Füßen nach. Eine Mimose klappt ihre Blätter zusammen, dreht den Stiel von der Berührung weg.
Eine Frau springt über eine Wurzel.

- Hallo, ich bin Rosalie Rüb.

Sie trägt eine grüne Schleife im Haar und hat eine Walze mit 5 vorspringenden Ringen.
- Hast du Farbe?
Huch beugt sich leicht nach vorne.
- Denkst du an eine bestimmte Farbe?
Ein Mann nähert sich mit langsam schlurfendem Gang.

- Hallo, ich bin Julian Casa.

Er ist frisch gekämmt, trägt ein neues T-Shirt und eine gut sitzende Hose. Er hat einen Kübel mit ameisenschwarzer Farbe und einen breiten Pinsel.
- Möchtet ihr etwas von mir?
Rosalie hebt den Deckel vom Kübel.
- Die Farbe und der Pinsel gefallen mir.
Casa stellt den Kübel ab und drückt ihr den Pinsel in die

Hand.

- Ja, dann wünsche ich dir viel Spaß beim Malen.

Er wendet sich mit leicht nach vorn geneigtem Oberkörper zum Gehen.

- Der Pinsel eignet sich hervorragend zum Streichen der Wände.

Sie reckt den Kopf in die Höhe.

- Ich will keine Wand anmalen. Ich brauche eine Scheibe.

Casa entfernt sich.

- Ich hole dir eine.

Sie ruft ihm nach.

- Warte, eine Scheibe ist rasch gefunden.

Das Echo ihres Rufs verhallt.

Eine Frau bewegt sich so schnell durch den Wald, als hätte sie wenig Zeit.

- Hallo, ich bin Nina Penny.

Sie trägt eine kaffeeschwarze Schürze und hat eine Scheibe unter dem Arm.

- Was hast du vor?

Rosalie deutet auf die Scheibe.

- Ich würde sie gern mit Farbe bestreichen.

Ninas Augenbraue zuckt.

- Das kann ich auch tun. Darf ich deinen Pinsel verwenden?

Rosalie zeigt auf Huch und lacht.

- Ich sehe dich an.

Sie wirft einen prüfenden Blick auf ihn.

- Sicher hast du große Lust am Malen.

Er legt die Hände ineinander.

- Ich sehe erst mal zu, wie es geht.

Sie gibt Nina den Pinsel.

- Reden wir nicht lang drum rum. Starten wir.

Nina streicht die Scheibe an.

- Diese Farbe riecht fein.

Rosalie fährt Huch über den Arm.

- Kannst du einen Bogen Papier besorgen?

Er verschränkt die Arme auf dem Rücken.

- Wie groß sollte er sein?

Ein Mann kommt mit stolz geducktem Gang.

- Hallo, ich bin Theo May.

Er trägt eine hermelinweiße Weste und hat einen gerollten Bogen in der Hand.

- Wie findest du das Format?

Rosalie geht zu einer Felsplatte.

- Es hat Format. Ich würde es gern ansehen.

May rollt den Bogen aus, beschwert die Ecken mit Steinen.

- Ja, es ist ein Format mit Format.

Rosalie gibt Huch die Walze mit den 5 vorspringenden Ringen.

- Möchtest du sie einfärben?

Er streicht über die Ringe.

- Wie meinst du das?

Nina nimmt ihm die Walze ab.

- Das ist ganz einfach. Du fährst mit der Walze über die bemalte Scheibe.

Sie führt es vor.

- Dann nehmen die Ringe die Farbe an.

May hebt fragend die Brauen.

- Darf ich zeigen, was weiter geschieht?

Er lässt sich die Walze aushändigen, rollt sie über das Papier.

- Die Ringe zeichnen Notenlinien.

Rosalie legt Huch die Hand auf die Schulter.

- Wir lassen die Farbe kurz an der Sonne trocknen. Und schon kannst du anfangen zu komponieren.

Er streicht mit dem Zeigefinger über die Oberlippe.

- Was würdet ihr an meiner Stelle komponieren?

Nina hebt die Hände auf Schulterhöhe.

- Ich höre lieber Musik, habe selber noch nie komponiert.

May zieht die Nasenlöcher leicht zusammen.

- Komponieren kann ganz schön anstrengend sein. Weißt du, warum?

Rosalie schiebt die Unterlippe vor.

- Weil man da jede Note einzeln malen muss.

Eine Frau streckt den Kopf aus dem Dickicht.

- Hallo, ich bin Franziska Moris.

Ihre Haare fallen über die Schultern. Sie hat ein grobgeschnitztes Holzkrokodil in der Hand.

- Wer kann hier einen Song komponieren?

Nina deutet auf Huch.

- Wir hätten gern einen Song von ihm.

Franziska legt das Krokodil auf die Scheibe.

- Schreibst du einen Krokodilsong?

May hebt das Krokodil schnell auf.

- Vorsicht! Die Farbe ist nass.

Er überreicht es Huch.

- Nimm es in die Hand. Es ist ungeheuer inspirierend.

Rosalie fragt mit nach hinten geneigtem Kopf:

- Du meinst: transpirierend?

May atmet durch einen kleinen Spalt hörbar aus.

- Verlass dich auf mein Sprachgefühl. Transpirierend ist etwas ganz Anderes. Du transpirierst zum Beispiel vor dem Duschen.

Nina fasst sich an den Hals.

- Vor dem Duschen? Wieso denn?

Er tritt von einem Bein aufs andere.

- Weil du sonst gar nicht duschen musst.

Huch stellt das Krokodil aufs Notenblatt. Die Schuppen des Panzers drucken notenähnliche Zeichen.

- Oh, ich habe ein bisschen vor mich hingeträumt.

Er hebt es schnell wieder auf.

- Das Notenblatt ist ruiniert.

Franziska reißt die Hand hoch.

- Sag das nicht! Das ist ein Song.

Rosalie schaut vergnügt aus.

- Ich habe gar nicht gewusst, dass du so schnell komponieren kannst.

Huch legt die Hand über die Schläfe.

- Es war ein Versehen.

Nina wackelt mit ihrem Kopf.

- Ich hätte das nicht gekonnt, wäre auch nie auf die Idee gekommen.

May ist verwirrt.

- Die Frage ist nur: Wer kann diese Noten spielen?

Ein Mann tanzt aus dem Wald.

- Hallo, ich bin Tim Tamm.

Er hat kurze Haare, eine dunkle Sonnenbrille, die Kappe in den Nacken zurückgeschoben.
- Mit einem Ballon kann man wunderbar Musik machen. Habt ihr das gewusst?
Franziska wippt mit dem Fuß.
- Das würde ich gern hören.
Tamm zieht einen Ballon aus der Tasche.
- Wer bläst ihn auf?
Rosalie nickt lächelnd.
- Gib mir den Ballon. Ich habe einen langen Schnauf.
Sie bläst den Ballon auf, drückt das Ventil mit 2 Fingern zu.
- Ich muss kurz niesen. Kannst du den Ballon halten?
Huch nimmt ihr den Ballon ab.
- Ich weiß nicht, ob ich das Ventil so gut zudrücken kann wie du.
Tatsächlich entweicht Luft mit einem dudelsackähnlichen Pfeifen. Bei der kleinsten Bewegung der Finger verändert sich die Tonhöhe.
Nina steht der Mund offen.
- Du spielst den Krokodilsong wunderbar.
Mays Ohren leuchten im Gegenlicht.
- Wir genießen es.
Franziska scheint die Sonne ins Gesicht.
- Wir brauchen mehr Publikum.
Tim schleicht geduckt durchs Unterholz.
- Ich trommle alle Leute zusammen, die ich kenne.
Rosalie folgt ihm.

- Aber du hast ja gar keine Trommel.

Nina läuft in den Wald.

- Ich hole meine Trommel, bin gleich zurück.

May trippelt mit winzigen, aber sicheren Schritten davon.

- Ich kenne eine Menge Leute, die deinen Krokodilsong mögen.

Franziska rennt davon.

- Spiel ruhig weiter. Ich lade meine Nachbarn ein. Sie haben noch nie einen Komponisten gesehen.

Huch blickt sich nach allen Seiten um, hört das Knacken, das leiser werdende Tappen der Schritte. Die Luft ist aus dem Ballon entwichen.

Eine Frau läuft aus dem Schatten der Bäume.

- Hallo, ich bin Zoe Ballard.

Sie trägt einen dunkelrot schimmernden Rock.

- Brauchst du mehr Publikum?

Huch schlägt die Augenlider nieder.

- Die Luft ist ausgegangen.

Zoe nimmt ihm den Ballon aus der Hand.

- Ich blase ihn gleich wieder auf.

Um seinen Mundwinkel zuckt links ein feines Lächeln.

- Das ist gut. Dann kannst du Musik machen.

Sie wispert in sein Ohr.

- Ich kann keine Noten lesen.

Hoch

Unter hohen Bäumen betrachtet Huch das Leben der Ameisen.
Eine Frau grüßt mit schalkhaften Augen.

- Hallo, ich bin Linda Piel.

Sie trägt einen Mantel und Lackschuhe.
- Ich fotografiere für eine Illustrierte, in welcher Träume gedeutet werden.
Huch spreizt den Ellbogen ab.
- Ich weiß nicht, was ich sagen soll.
Linda spielt mit ihrer Kamera.
- Erzähl mir einfach einen Traum.
Ein Mann geht, als würde er einen Rucksack voll Steine tragen.

- Hallo, ich bin Karl Block.

Er hat einen hohen Hemdkragen und steife Manschetten.
- Ich habe etwas Seltsames geträumt.
Linda blickt nachdenklich.
- Was denn?
Block dreht sich einmal um die eigene Achse.
- Ich bin auf eine Insel geraten, die in den Wolken schwebt.
Neben den hohen Bäumen landet ein fliegender Wal,

öffnet das Maul.

Eine Frau steigt aus.

- Hallo, ich bin Amalia Zabel.

Sie trägt ein Kleid aus Ballonseide.

- Wollt ihr fliegen oder bleibt ihr lieber mit beiden Füßen auf dem Boden?

Linda schiebt die Hand über die Brust.

- Ich würde gern zu einer Insel fliegen, die in den Wolken schwebt.

Amalia faltet die Hände über dem Bauch.

- Steig ein. Dort fliegen wir hin.

Sie blickt in die Runde.

- Gibt es weitere Wünsche?

Block hält den Kopf schräg.

- Ich möchte natürlich auch diese Insel besuchen. Ich habe nämlich davon geträumt.

Amalia schlägt die Augen auf.

- Ich gratuliere uns. Dann haben wir ja ein gemeinsames Ziel.

Sie sagt mit einem charmanten Augenzwinkern zu Huch.

- Wenn ich „wir" sage, meine ich „wir".

Huch lässt die Arme locker baumeln.

- Ich bleibe lieber auf dem Boden.

Ein Lächeln huscht über ihr Gesicht.

- Wir alle bleiben lieber auf dem Boden. Aber manchmal erlauben wir uns eine Ausnahme. Es ist nur ein kurzer Flug. Und es macht mir viel mehr Spaß, wenn du dabei bist.

Linda und Karl nehmen Huch in die Mitte.

- Uns macht es auch mehr Spaß.

Huch schiebt die Unterlippe vor.

- Wieso denn?

Amalia tippt ihm auf die Schulter.

- 3 Menschen können zusammen eine hübsche Gruppe bilden. Aber zu viert unterwegs sein, das ist doch etwas ganz Anderes.

Huch steigt mit ihnen in den Walbauch.

- Bist du sicher?

Amalia führt ihn vor einen bankartigen dunkelrot-lila Samtsessel.

- Es besteht keinerlei Zweifel.

Er setzt sich.

- Zu Fuß komme ich wohl kaum auf die Insel.

Sie nimmt neben ihm Platz, schmiegt sich an ihn.

- Nein. Es ist besser, im Wal hinzufliegen als immer nur von der Insel zu träumen.

Huch lehnt entspannt in den Sessel.

- Das war Karl. Er hat von der Insel geträumt.

Block sitzt neben Linda.

- Nun ja, den Schlaf braucht es für eine gute Gesundheit. Und da träumt man eben.

Der Wal schließt das Maul, hebt ab, steigt durch die Wolken auf. Gegen den Dunst zeichnet sich der Umriss einer kleinen Insel ab. Darüber breitet sich der tiefblaue Himmel.

Der Wal landet bei einem Holzsteg am Wolkenstrand, lässt die Menschen aussteigen. Der Uferwald rauscht. Die Wipfel brausen und pfeifen.

Block hält sich die Ohren zu.

- Die Blätter sind ganz schön laut.

Ein Mann streicht Huch über die Schulter.

- Hallo, ich bin Linus Mizell.

Er trägt eine runde Brille.

- Vielleicht habt ihr es gern ein bisschen leiser. Versuchen wir, den Ort zu wechseln.

Huch zieht die Schulter zurück.

- Ein paar Schritte tun mir gut.

Mizell führt sie unter den riesigen Bäumen durch zu einer Wiese. Vom Wind bewegt, klingeln kleine Glocken an den Halmen durcheinander.

Linda verfolgt gebannt die wellenförmige Bewegung der hohen Gräser.

- Hier ist der Wind milder.

Er tritt beschwingt ins Sonnenlicht hinaus und blinzelt.

- Habt ihr gern Musik?

Block schaut schräg und keck.

- Ich sammle alte Schallplatten.

Mizell zeigt ihnen einen winzigen Pfad durch ein Feld mit rhabarberähnlichen Pflanzen. Die Blätter sind groß wie aufgespannte Sonnenschirme.

Amalia legt Huch eine Hand auf den Arm.

- Ich komme mir wie eine Ameise vor.

Huchs Auge gleitet über die Schirme.

- Ich betrachte gern Ameisen.

Sie blickt ihm ins Gesicht.

- Ah, du wirfst ein Auge auf mich.

Am Rand des Schirmfelds liegen Schallplatten auf einem

Haufen.

Mizell wendet sich an Block.

- Sammelst du solche Schallplatten?

Block stürzt sich auf den Haufen, lässt eine um die andere durch die Hand gehen.

- Das wimmelt von Raritäten. Das ist ein richtiger Schatz.

Er wühlt im Haufen.

- Aber sie kommen mir so schwarz vor.

Linda tippt kurz an den Kopf.

- Schallplatten müssen doch schwarz sein, oder nicht?

Eine Frau schiebt einen Handwagen mit Farbeimern vor den Plattenhaufen.

- Hallo, ich bin Olivia Zinder.

Sie hat kurzes, goldgrün schimmerndes Haar.

- Ich gieße dicke Farben über die Schallplatten. Bist du einverstanden?

Block faltet die Hände vor dem Bauch.

- Willst du das wirklich tun?

Olivia nimmt die Deckel ab.

- Ich tu alles für dich.

Sie leert die Eimer über dem Haufen aus. Zunächst mit Ananasgelb, dann glutrot und schließlich in glimmerndem Orange färbt sie von oben nach unten die Schallplatten ein.

- Was sagst du dazu?

Block zieht die Schulter zurück und das Kinn hoch.

- Ich danke dir vielmals.

Amalia tänzelt mit Wippen und Hüpfen um den Haufen.

- Ich will nicht länger bei diesen Schallplatten bleiben.

Mizell fragt höflich.

- Möchtet ihr einen fliegenden Frosch sehen?

Linda lacht und klatscht in die Hände.

- Ja gerne.

Er zeigt ihnen einen Wildpfad. Durch Föhrengruppen führt er steil hinab. Sie gehen an einer gigantischen Felswand vorbei. Ein schmaler Bach glitzert am Talgrund in der Sonne. Wie ein Trichter verengt sich die weite Schlucht. Ein Wasserfall tost in ein Becken. Die Felsen glitzern ockerfarben und bananengelb.

Mizell steht wie angeklebt auf einem Fels.

- Wir müssen ganz ruhig sein.

Auf einer Steinplatte am Ufer sitzt ein Frosch mit libellengrünen Flügeln.

Olivia lacht laut.

- Da ist er!

Der Frosch flattert mit den Flügeln, fliegt an der gigantischen Felswand vorbei aus der Schlucht.

Linda deutet auf die Kamera.

- Ich muss ihn unbedingt fotografieren. Aber wie kommen wir schnell hoch?

Ein Mann spricht sie von hinten an.

- Hallo, ich bin Jonathan Merino.

Über sein kaminfegerschwarzes Hemd hat er eine Strickjacke gezogen.

- Ich habe etwas selbst gemacht und würde es euch gern zeigen.

Block zieht den Hals ein.

- Ist es ein Flugzeug?

Merino führt sie über die Steine des früheren Bachlaufs zu 4 riesigen, begehbaren Buchstaben, die das Wort „hoch" bilden. Sie erinnern an ein Gerippe oder an einen Käfig.

- Ich möchte euch alle einladen, meine Buchstaben zu betreten. Schneller kommt ihr nie hoch.

Amalia tritt in den ersten Buchstaben „H".

- Originell sieht der Buchstaben aus, wie eine geflochtene Hütte.

Mizell legt sich in den Buchstaben „O".

- Wenn es das „O" nicht gäbe, müsste ich „U" sagen, wenn ich staune.

Olivia setzt sich ins „C".

- Es spielt keine Rolle, ob es einen Buchstaben gibt oder nicht. Du kannst immer ausrufen, was dir passt.

Merino begibt sich ins letzte „H".

- Es dürfen auch 2 oder 3 Leute in einen Buchstaben gehen. Wählt eure Vorlieben! Richtet euch ein!

Block steigt zu Amalia in den „H".

- Ist es recht?

Sie schaut zu Huch.

- Kommst du auch zu uns?

Er lehnt sich auf sein linkes Bein.

- Nein, ich würde mich gern in der Schlucht umsehen.

Linda geht zu Mizell ins „O".

- Denk an den fliegenden Frosch!

Huch senkt die Lider.

- Ich muss ihm nicht nachjagen. Vielleicht kommt er zurück.

Merino klatscht auf die Beine.

- Können wir starten?

Linda zuckt mit den Augenbrauen.

- Ja, der Frosch ist eine Sensation.

Die 4 riesigen Buchstaben steigen mit ihren Fluggästen auf.

Die Antwort steckt im Zitronenkuchen

Hellrote Steine markieren eine rostfarbene Piste. Sie führt über eine staubige Ebene. Ein Baum leuchtet, als würde sein Stamm und die Äste aus Neonröhren bestehen. Er steht vor einem Heuhaufen im flirrenden Licht.
Huch horcht auf.
Eine Frau hüpft über die Piste.

- Hallo, ich bin Miriam Munro.

Sie trägt einen hochroten Rollkragenpullover, eine goldene Weste, eine enge Hose und hat eine Glocke in der Hand.
- Gefällt dir die Farbe meines Pullovers?
Er lupft die Augenbrauen.
- Ja, sie ist beachtlich.
Ihre Hand berührt seine Schulter.
- Nun ja, sie ist nur hochrot. Aber es gibt auch knallrote Dinge.
Huch senkt den Blick.
- Denkst du an Socken?
Miriam quittiert die Frage mit einem kurzen, breiten Lachen.
- Nein, an meinen knallroten VW Käfer.
Sie bimmelt mit der Glocke.
- Du wirst ihn gleich sehen.

Hinter dem Heuhaufen startet ein Motor.

Ein Mann lenkt einen knallroten VW Käfer um den Heuhaufen herum, parkt ihn auf der Piste, steigt aus.

- Hallo, ich bin Fabian Mill.

Er trägt Turnschuhe.
- Ist das ein Auto, oder ist es keins? Was sagst du?
Huch steckt die Hände in die Tasche.
- Es ist ein Auto.
Eine Frau eilt federnden Schrittes über die Piste.

- Hallo, ich bin Luana Taff.

Sie trägt eine Baskenmütze. Ihre langen, hellen Haare quellen darunter hervor.
- Das Auto steht im Weg. Bitte fahr weg.
Miriam hält die Hand weit offen.
- Du errätst nie, wem wir diesen Käfer schenken wollen.
Luana drückt die Oberschenkel zusammen.
- Was? Ihr wollt dieses wunderbare Auto hergeben?
Mill zieht den Zündschlüssel aus dem Schloss.
- Ja, genau in diesem Moment.
Sie grätscht die Waden nach außen.
- Wer soll es denn bekommen?
Miriam zeigt beim Lächeln die strahlenden Zähne.
- Wir haben sehr lange nachgedacht, wer die beste Fahrerin sein könnte.
Mill gibt Luana den Zündschlüssel.
- Das bist du.

Sie schließt die Augen.

- Aber ich kann doch gar nicht fahren.

Miriam stemmt die Hände in die Hüfte.

- Such dir einen Fahrer.

Luana öffnet die Augen, schickt Blicke zu Huch.

- Kannst du fahren?

Er hebt seine Augenbrauen zur Mitte hin.

- Alle Menschen können fahren.

Sie drückt ihm den Zündschlüssel in die Hand.

- Ich hätte nie gedacht, dass ich so schnell einen Fahrer finde.

Huch schaut sich um.

- Ich bin neu in der Gegend. Ist die Piste gut ausgeschildert?

Luana setzt sich auf den Beifahrersitz.

- Das sehen wir dann.

Huch klemmt sich hinter das Steuer, fährt los.

- Ist dir der Motor zu laut?

Sie öffnet das Fenster.

- Ich mag seine Musik.

Die Piste steigt durch einen Wald an, verwandelt sich in eine steinige Bergstraße. Sie ist wie eine Kerbe in den senkrecht abfallenden Fels gehauen. Der Motor widerhallt. Dann verschwindet die Straße in einem schmalen Tunnel. Huch zündet die Scheinwerfer an.

- Wo fahren wir hin?

Luana schlägt elegant die Beine übereinander.

- Ich weiß die Antwort noch nicht.

Die Straße verlässt den Tunnel, führt durch eine zerklüftete Schlucht.

Luana lässt die Haare im Fahrtwind flattern.

- Durch eine Schlucht fahren wir, wie du siehst.

Ein Mann sitzt auf einer Holzbank unter einem Baum neben einer Butterbrotdose, springt auf, hält die Hand hoch.

- Hallo, ich bin Leonard Hagenbach.

Er trägt einen kalkweißen Hut und Mantel, Handschuhe.
- Ich mache eine Straßenumfrage.
Huch hält an, stellt den Motor ab.
- Warum?
Hagenbach lächelt verschmitzt.
- Umfragen sind einfach.
Luana steigt aus.
- Ich hoffe, du hast eine gute Frage.
Er wischt sich lässig das Haar aus der Stirn.
- Wie fühlt ihr euch gerade?
Sie blinzelt in der Sonne.
- Wir könnten singen vor Freude.
Hagenbach legt Huch die Hand auf die Schulter.
- Wie zufrieden seid ihr mit eurem Leben?
Huch blickt zu Luana.
- Was würdest du sagen?
Sie tritt hinter Huch und fasst ihn um die Taille.
- Wir fühlen uns frei. Das macht uns glücklich.
Hagenbach geht zur Holzbank.
- Dankeschön für die Auskunft.
Er hält die Butterbrotdose hoch.
- Ihr habt einen kleinen Preis verdient. Wer möchte ihn in Empfang nehmen?

34

Luana reißt sie ihm aus der Hand.

- Ich habe Butterbrote gern.

Sie öffnet den Deckel.

- Es sind nur 2 Schachfiguren darin.

Hagenbach hat in den Augen ein blitzendes Lachen.

- Aber was für Schachfiguren!

Er klopft mit der Handfläche auf die Holzbank.

- Stell sie auf.

Luana nimmt eine Königin und einen König aus der Dose.

- Ich verstehe nichts von Schach.

Der König verneigt sich, reicht der Königin den Arm. Die Schachfiguren tanzen auf der Holzbank.

Luana wendet den Kopf.

- Wir sollten nun weiterfahren. Was ist der beste Weg?

Die Königin stoppt mitten im Tanz.

- Biegt an der nächsten Kreuzung rechts ab.

Luana steigt ein.

- Wo soll es in diesem engen Tal eine Kreuzung geben?

Hagenbach setzt sich neben die Schachfiguren.

- Mehr kann die Königin nicht sagen.

Er drückt Huch die Hand.

- Auf Wiedersehen.

Luana schielt durchs Fenster.

- Das genügt durchaus. Wir wissen Bescheid und fahren weiter.

Huch dreht den Zündschlüssel, fährt los.

- Wo willst du hin?

Luana faltet die Beine nach links.

- Zu dieser Kreuzung und dann rechts.

Die Serpentinenstraße schlängelt sich durch die

Schlucht. Zwischen den Felsen wachsen Eichen und Wacholderbüsche. Der VW Käfer überquert auf einer langen Brücke den Bergfluss. Auf einer safrangelb und enzianblau getupften Wiese weidet ein Reh.

Luana reißt die Hände hoch.

- Da vorn ist die Kreuzung.

Eine Frau steht mitten auf der Straße, breitet die Arme wie Flügel aus.

Huch bremst, kurbelt die Scheibe herunter, stellt den Motor ab, um sie besser zu verstehen.

- Hallo, ich bin Vanessa Patch.

Sie trägt einen grellbunten Rock und eine ahorngrüne Mütze.

- Was habt ihr vor?

Luana springt aus dem Auto.

- Wir werden rechts abbiegen.

Vanessa fragt kopfschüttelnd.

- Was soll das sein: rechts?

Luana öffnet Huch die Tür.

- Kannst du Vanessa ganz kurz erklären, was rechts ist?

Huch steigt aus.

- Ich habe 2 Hände.

Vanessa fällt ihm ins Wort.

- Ist das rechts?

Luana setzt ein breites Lächeln auf.

- Nein, er möchte dir mit seinen Händen zeigen, was für ihn links oder rechts bedeutet.

Vanessa streckt und räkelt sich.

- Könnt ihr mit den Händen nur zeigen oder auch essen?
Luana verfällt mit zurückgelegtem Kopf in schalkhaftes Lachen.
- Deine Frage ist zu direkt.
Ein Mann schreitet auf die Kreuzung.

                              - Hallo, ich bin Yannik Daimler.

Er trägt ein gebügeltes Hemd und hat einen Korb in der Hand.
- Meinen wunderbaren Zitronenkuchen könnt ihr von Hand essen. Die Stücke sind bereits geschnitten und ordentlich in Servietten verpackt.
Vanessa schiebt eine Schulter nach vorn.
- Darf ich ein Stück probieren?
Daimler hält ihr den Korb hin.
- Lang zu.
Sie zieht den Kopf ein.
- Welches darf ich nehmen?
Er bietet ihr ein Stück an.
- Das Erstbeste.
Vanessa unterdrückt ein Kichern.
- Woher weißt du, dass das Erste das Beste ist?

Ein Pik Ass kommt selten allein

Über das Wasser tanzt eine Libelle. Sie schillert eisvogelblau, schachschwarz und rosa. Der Weg verschwindet im undurchdringlichen Ufergestrüpp. Huch steigt die Stufen zu einem Steg aus hellem Holz hinauf. Eine Frau winkt mit einem Hut.

- Hallo, ich bin Anastasia Keun.

Das Licht lässt ihre Haut goldig glänzen.
- Hättest du gern ein Horoskop?
Huch schiebt den Hut in den Nacken.
- Ist das cool?
Ein Mann klettert auf den Steg.

- Hallo, ich bin Vincent Corbett.

Er trägt kaminfegerschwarze Hosen und ein klavierschwarzes Jackett.
- Wir hoffen, dass es dir gefällt.
Der Steg führt zu einem alten Laden mit einer Holztür.
Anastasia räkelt sich mit halb geschlossenen Augen.
- Alles, was du brauchst, ist ein bisschen mehr Freude am Lernen.
Huch zieht die Augenbrauen hoch.
- Was kann ich mit dem Horoskop lernen?

Corbett schubst ihn an.

- Anastasia sagt es doch: Lernen macht Spaß.

Er öffnet die Holztür, geht durch den Ladenraum, hält neben einer Treppe inne.

- Nach euch.

Anastasia und Huch steigen ins Obergeschoß. Die Glastür zu einem winzigen Balkon steht offen. Im Sonnenlicht glänzt ein Horoskop-Automat.

Corbett schließt zu ihnen auf.

- Kommt!

Er wirft eine Münze in den Apparat. Hinter dem Glas fährt eine kleine Metallfigur hin und her. Eine Glocke klingt. Der Automat spuckt eine winzige Papierrolle aus.

Anastasie fängt sie auf, reicht sie Huch.

- Das Horoskop ist frisch ausgedruckt, extra für dich.

Huch zieht die Rolle auseinander, glättet das Papier auf der Hand, liest.

- Ruf mich an. Ich möchte dich privat sprechen.

Er hält kurz die Luft an.

- Da steht sogar eine Telefonnummer.

Corbett blinzelt mit den Augen.

- Das ist ein ganz persönliches Horoskop.

Anastasia blickt Huch direkt ins Gesicht.

- Hast du ein Telefon?

Er schiebt die Hände in die Hosentaschen.

- Nein.

Corbett lacht laut auf.

- Wenn du ein Telefon hättest, wüsstest du, was zu tun ist.

Huch schlägt die Augen nieder.

- Ja, ich könnte die Nummer eintippen.

Eine Frau nähert sich dem alten Laden, blickt zum Balkon hoch.

- Hallo ich bin Mariella Brick.

Sie trägt silberne Leggings unter den Shorts.
- Ich habe ein Smartphone.
Anastasia klatscht mit kindlicher Begeisterung in die Hände.
- Das trifft sich gut.
Huch steigt die Treppe hinunter, tritt aus dem Laden.
- Wo hast du dein Smartphone?
Mariella klaubt es aus der Tasche.
- Möchtest du es anschauen?
Er beugt den Kopf.
- Es sieht gut aus.
Ihre Zähne blitzen beim Lächeln hervor.
- Ich gebe es dir gerne. Wir bräuchten nur ein lauschiges Plätzchen, wo du in aller Stille anrufen kannst.
Ein Mann bummelt über den Steg.

- Hallo, ich bin Mika Weißenbach.

Er trägt eine helle Hornbrille und eine Armbanduhr.
- Ich kenne ein lauschiges Plätzchen.
Mariella stellt sich auf die Zehenspitzen.
- Zeig es uns.
Weißenbach wendet sich an Anastasia und Corbett.
- Kommt ihr auch mit?
Anastasia kneift listig die Augen zusammen.

- Geht schon mal vor. Wir wollen noch unser persönliches Horoskop ausdrucken.

Weißenbach klettert vom Steg, führt Mariella und Huch durch einen Irrgarten aus Sandbänken.

- Ich verstehe euch gut. Man will nicht an jedem Ort telefonieren.

Sie wandern an einem zugewachsenen Seerosenteich vorbei. Ein Vogel pickt ein Blatt von der Wasseroberfläche. Ein Frosch quakt im benachbarten Teich.

Weißenbach steigt eine in den Fels gehauene Treppe zu einer Lichtung im Wald hoch.

- Denkt ihr, dass ihr hier telefonieren könnt?

Mariella guckt sich neugierig um.

- Auf jeden Fall.

Sie steht dicht neben Huch.

- Gib mir das Horoskop.

Huch reicht ihr das Papier.

- Schön, dass du für mich anrufst.

Mariella tippt die Nummer ein.

- Ich bin eben extrem schnell.

Eine Frau fegt und tänzelt über die Lichtung.

- Hallo, ich bin Tessa Mack.

Sie trägt ein glutrotes Cocktailkleid und eine Handtasche.

- Ich warte seit langem, dass mich jemand anruft.

Das Telefon klingelt in ihrer Handtasche. Sie nimmt es heraus.

- Ja? Wer ist dran?

Mariella spreizt die Finger.

- Ich.

Tessa bleibt der Mund offen.

- Was für ein Zufall!

Sie schiebt das Telefon in die Tasche zurück.

- Ich denke, wir können uns besser direkt unterhalten.

Mariella weist auf Huch.

- Du musst ihm reden. Er wollte dich erreichen.

Tessa legt ihre Hand auf seine.

- Du willst mich also privat sprechen. Das ist wunderbar.

Weißenbach stürmt in den Wald hinaus.

- Wir lassen euch besser allein.

Mariella trippelt die Treppe hinunter.

- Ich gehe duschen, bin unerreichbar.

Tessa tippt Huch auf die Schulter.

- Endlich sind wir ganz unter uns. Ich vertraue dir voll.

Ein Helikopter fliegt über den Wald, wirft ein Fertighaus ab. Es fällt neben Huch in den Farn, ein Holzhäuschen, malvenrot gestrichen. Die kreideweißen Fensterläden klappern.

Tessa streicht sich über die Augenbrauen.

- So ist es einfach, nach Hause zu kommen.

Huch weicht einen Schritt zurück.

- Wie meinst du das?

Sie löst das Haar aus der engen Frisur.

- Ich will für immer bei dir sein.

Er lässt die Schultern hängen.

- Wie kommst du darauf, dass wir bei mir sind?

Tessa stellt ein Bein aus.

- Das ist doch jetzt dein Haus.

Ein königsblauer Rolls Royce fährt vor. Der Fahrer steigt

aus.

- Hallo, ich bin Lennard Geddes.

Er trägt eine Kapitänsuniform und eine Mütze.
- Ich führe euch gern zur Kirche.
Tessa spitzt die Lippen.
- Eine Überraschung jagt die andere. Darf ich im Fonds sitzen?
Geddes öffnet ihr die Tür.
- Das ist eine gute Idee.
Sie nimmt Platz.
- Ich versuche eben, meine Zeit gut zu nutzen. Hinten können wir in aller Ruhe die Hochzeit besprechen.
Er macht Huch die andere Tür auf.
- Ich sehe schon, ihr habt viel vor. Genießt trotzdem die Fahrt.
Eine Frau streift durchs Gestrüpp.

- Hallo, ich bin Ela Wohnsiedler.

Sie trägt ein wadenlanges Kleid und hat Spielkarten in der Hand.
- Möchtet ihr Karten ziehen?
Tessa springt aus dem Wagen.
- Ich hätte nie gedacht, dass ich vor der Hochzeit noch dazu käme.
Ela bildet einen Fächer mit den Karten.
- Macht es dir Spaß?
Tessa reißt eine aus dem Fächer.

- Und wie! Leidenschaftlich!

Sie hält die Karte hoch.

- Ich habe das Pik Ass.

Geddes dreht die Fußspitzen leicht nach außen.

- Erlaubt ihr, dass ich mitspiele?

Ela hält ihm den Fächer hin.

- Das ist ernst, kein Spiel, auch wenn es so aussieht.

Geddes zieht eine Karte.

- Von mir aus. Aber gebt es zu: Etwas banal ist es schon.

Er späht auf die Karte.

- Das muss ein Fehler sein.

Sie fragt mit halb geschlossenen Augen.

- Was hast du?

Geddes atmet tief ein und aus.

- Auch ein Pik Ass.

Tessa wirft ihre Karte in die Luft.

- Wir 2 sind füreinander bestimmt.

Sie gibt Huch die Hand.

- Auf Wiedersehen. Ich liebe dein Haus, wie es ist.

Sie kehrt ins Auto zurück.

- Trotzdem werde ich Lennard heiraten.

Geddes schließt die Türen.

- 2 Pik Ass! Was soll man dazu sagen?

Huch hebt den Arm und winkt.

- Ein Pik Ass kommt selten allein.

Die Albino-Fledermaus

Die Sonnenstrahlen tauchen die Blumen, den Bach und die Wiese in ein weiches Licht. Sie lassen den Waldberg leuchten, spielen mit dem Nebel über dem See. Huch betrachtet einen Grashalm, die Wolken, eine Welle.
Eine Frau nähert sich summend und tänzelnd.

- Hallo, ich bin Leila Cocos.

Sie trägt ein Stoffband um den Hals.
- Es wäre wirklich schön, wenn du mich zum Liegestuhl begleiten könntest.
Huch schiebt die Fersen zusammen.
- Wo ist der Liegestuhl?
Leila eilt mit schnellen Schritten zum Strand.
- Nicht übertrieben weit von hier.
Er blickt ihr versonnen nach.
- Was wäre für dich übertrieben?
Sie winkt.
- Das wirst du sehen, wenn wir da sind.
Hinter ihr schimmert der See. Das Wasser funkelt in smaragdgrünen, türkis- und kobaltblauen Tönen.
Leila geht zu einem Sonnenschirm.
- Da sind wir.
Ein Mann räkelt sich auf dem Liegestuhl.

- Hallo, ich bin Konstantin Malte.

Er trägt korallenrote Bermudas.
- Ihr müsst herausfinden, was ich mache.
Leila muss laut lachen.
- Du versinkst im Nichtstun.
Malte macht ein paar Schwimmbewegungen, als wollte er sich über Wasser halten.
- Ich gehe unter.
Dann versinkt er tatsächlich im Liegestuhl. Nur noch eine Hand ragt aus dem Stoff.
Eine Frau steigert das Tempo ihrer Schritte.

- Hallo, ich bin Alisa Kuhlen.

Ihre Haare sind hellblond.
- Ich rette ihn.
Leila legt Daumen und Zeigefinger ans Kinn.
- Ich hoffe, du kannst es.
Alisa zieht Malte aus dem Liegestuhl.
- Wir müssen es unbedingt versuchen.
Malte taucht auf.
- Habe ich geschlafen?
Leila beugt den Nacken.
- Nein, du bist im Nichtstun versunken.
Er steht auf.
- Habt ihr etwas dagegen?
Leila winkelt den Arm ab.
- Nein, wenn du nichts tun willst, ist es für uns schon in Ordnung.

Malte fasst sich an den Kopf.

- Eigentlich möchte ich schon etwas unternehmen.

Er dreht sich nach Huch um.

- Hast du eine Idee?

Huch schaut sich neugierig und konzentriert um, sieht einen Mann am Ufer, der einen Brief zerreißt.

- Wer bist du?

Der Mann streut die winzigen Schnipsel in den Sand.

- Hallo, ich bin Marlon Rosendahl.

Seine Füße stecken in leichten Stiefeln.

- Was möchtet ihr sonst noch wissen?

Alisa hebt leicht die Nase.

- Was stand in dem Brief?

Rosendahl hält die umgedrehte Hand schalenförmig hoch.

- Ein Geheimnis. Holt mich ein, und ich verrate es euch.

Malte sieht ihn herausfordernd an.

- So schnell kannst du doch gar nicht laufen mit deinen Stiefeln.

Rosendahl rennt davon.

- Willst du es wirklich mit mir aufnehmen?

Malte verfolgt ihn.

- Rück heraus mit der Sprache! Sicher hat eine Frau den Brief geschrieben.

Leila beugt sich über die Schnipsel.

- Ich suche ein größeres Stück.

Alisa lächelt mit hochgezogenen Wangen.

- Wieso? Siehst du der Schrift an, ob sie von einer Frau

oder einem Mann stammt?

Leila wölbt die Unterlippe schmollend vor.

- Ja sicher.

Sie sieht Huch von der Seite an.

- Schreib etwas in den Sand.

Er steht in leichter Rücklage.

- Was soll ich schreiben?

Alisa blickt ihn ermunternd an.

- Flügel.

Huch kauert nieder.

- Denkst du an einen Steinway-Konzertflügel oder an Flügel zum Fliegen?

Sie bricht in lautes Lachen aus.

- Ich denke an richtige Flügel, die mir hinten aus den Schultern wachsen.

Er schreibt das Wort mit dem Finger in den Sand.

- Ein Buchstabe, eine Silbe, ein Wort können plötzlich alles verändern.

Leila stellt sich hinter Alisa.

- Dir sprießen kleine Flügel aus den Schultern.

Alisa zieht die Schultern hoch.

- Stört es dich?

Leila tritt einen Schritt zurück.

- Du kannst noch nein sagen.

Alisa spreizt die Flügel, die mittlerweile zu Adlerschwingen ausgewachsen sind.

- Bist du neidisch?

Leila duckt sich.

- Nein, ich habe keine Lust zu fliegen.

Alisa breitet die riesigen Flügel aus.

- Das ist bei mir ganz anders. Ich habe schon lange davon geträumt.

Sie schlägt die Flügel, wirbelt den Sand und die Briefschnipsel auf, hebt ab.

- Übrigens, ihr seht klein aus am Boden.

Sie schwingt sich hinauf, breitet die Flügel aus, segelt in großer Höhe im Wind über den See.

Leila fährt sich mit der Hand über den Rücken.

- Kannst du Gummitwist spielen?

Huch richtet sich auf.

- Meinst du das Hüpfspiel mit einem Gummiband?

Eine Frau kommt mit resolutem Schritt näher.

- Hallo, ich bin Lucia Gautier.

Sie trägt einen orangeroten Parka und hat ein Gummiband in der Hand.

- Hier in der Nähe hat es einen Supermarkt mit einem Parkplatz, wo wir wunderbar Gummitwist spielen können.

Leila lenkt den Blick auf Huch.

- Kommst du?

Sein Blick verliert sich im Sand.

- Ich möchte zuerst die Briefschnipsel zusammensetzen.

Sie schlenkert mit den Armen.

- Lass sie liegen und vergiss sie.

Huch schiebt die Augenbrauen in die Stirn.

- Ich habe Schnipsel gern.

Lucia streichelt Leila über die Arme.

- Gehen wir voraus. Irgendwann kommt er schon nach.

Während sie sich entfernen, nähert sich eine Ameise

einem winzigen Schnipsel. Sie tastet die Ränder ab. Weitere Ameisen rücken an, schleppen Schnipsel um Schnipsel herbei, setzen den zerrissenen Brief wie ein Mosaik zusammen.

Huch kneift die Augen blinzelnd zusammen, liest.

- Öffne die Tapetentür!

Er richtet sich auf.

- Wo finde ich eine Tapetentür?

Ein Mann schreitet forsch heran.

- Hallo, ich bin Nico Riesenfeld.

Er trägt eine pfefferrote Mütze mit einem apfelgrünen Stern darauf.

- Ich zeige dir gern eine Tapetentür.

Huchs Blick wandert langsam suchend herum.

- Das wäre sehr freundlich.

Riesenfeld steigt einen Hang hinauf, führt ihn vor ein schlossähnliches Gebäude aus groben, beigen Steinen.

- Hier ist zunächst die Haustür. Magst du sie auftun?

Huch schließt die Augen halb.

- Ist das dein Haus?

Riesenfeld steht breitbeinig da.

- Nein. Geh einfach rein und schau dir die Tapetentür an.

Huch kräuselt die Oberlippe.

- Ich klopfe lieber an.

Eine Frau öffnet die Tür.

- Hallo, ich bin Carolin Warehouse.

Sie trägt ein blau-gelb gemustertes Sommerkleid.

- Kann ich euch helfen?

Riesenfeld weist mit der Hand auf Huch.

- Er will die Tapetentür sehen.

Carolin lacht hell.

- Kommt rein.

Riesenfeld hebt den Arm nicht höher als zur Schulter an.

- Ich mache alles, nur das nicht.

Sie dreht sich auf dem Absatz um.

- Ja, dann lasst es eben bleiben.

Huch folgt ihr.

- Moment, ich würde gern wissen, wo die Tapetentür ist.

Rosenknospen liegen am Boden ausgebreitet. Der Duft erfüllt den Eingangsraum.

Carolin stellt sich neben eine abgenutzte Holzstufe. Sie befindet sich vor einer hohen Wand, die mit einem Blütenmuster tapeziert ist.

- Stell dich auf die Stufe.

Vorsichtig setzt Huch seinen Fuß darauf.

- Ist das ein Experiment?

Die Tapetentür springt auf.

Carolin stemmt die Hände in die Hüften.

- Natürlich, warum nicht?

Eine Albino-Fledermaus flattert aus dem dunklen Raum, schwirrt um Huch, landet auf seiner Schulter.

Carolin wirft einen fragenden Seitenblick auf ihn.

- Magst du sie? Sie mag dich auch.

Gelb wie ein Turm aus Plastikbananen

Hölzerne Strommasten mit Isolatoren aus funkelnd weißem Porzellan stehen neben der Landstraße. Ein Labyrinth aus Treppen, Stegen führt durch einen Wald zu einem Fels, der über dem Abgrund balanciert.
Huch tritt aus dem Schatten.
Eine Frau sitzt oben auf dem Felskopf, lässt die Beine baumeln.

- Hallo, ich bin Marlen Larkin.

Sie trägt einen Pelzmantel mit unzähligen Beuteltaschen.
- Möchtest du einen Zettel beschreiben oder bemalen?
Er zeichnet Wellenlinien in die Luft.
- Ich könnte einen Bleistift und Papier suchen.
Ein Mann kommt federnden Schrittes.

- Hallo, ich bin Maxim Blumenberg.

Er trägt ein T-Shirt, hat einen Stift in der Hand.
- Mein Bleistift ist ganz neu.
Marlen steigt vom Felskopf, zieht einen Karton aus einer Beuteltasche. Darauf ist ein Zettel geklebt.
- Hier hast du ein Stück Papier.
Huch spreizt den kleinen Finger ab.
- Was soll ich schreiben?

Blumenberg reicht ihm den Bleistift.

- Einmal einen Wunsch aufschreiben, wird dir richtig gut tun.

Huch schließt die Augen.

- Wie meinst du das?

Marlen streift den Mantel ab.

- Schreib einfach: Turm.

Er schlägt die Augen auf.

- Welche Farbe würdet ihr wählen? Soll er blau oder grün sein?

Blumenberg hebt die Schulter.

- Gelb wie ein Turm aus Plastikbananen.

Eine Frau teilt die Zweige auseinander.

- Hallo, ich bin Alicia Fabrizio.

Sie trägt ein saturngelbes Abendkleid, bringt einen Korb voll Plastikbananen.

- Fangen wir an!

Marlen legt eine Banane ins Gras.

- Ihr habt die Wahl. Wer möchte die nächste hinlegen?

Blumenberg platziert die zweite Banane.

- Wir müssen sie kreisförmig anordnen.

Alicia stellt den Korb ab, wendet sich an Huch.

- Leg den Karton und den Stift weg. Dann bist du auch dabei.

Er schaukelt den Kopf.

- Ich schreibe zuerst „Turm".

Marlen legt ihm von hinten den Arm über die Schulter.

- Warum willst du „Turm" schreiben?

Blumenberg schichtet eifrig Bananen auf.

- Wir bauen doch einen.

Alicia pufft ihn an den Arm.

- Oder möchtest du mit deiner Freundin lieber allein etwas auftürmen?

Huch lockert seinen Oberkörper.

- Freundin ist ein bisschen viel gesagt. Wir haben uns eben erst getroffen.

Marlen sagt mit verschmitztem Lachen.

- Ja, aber wir verstehen uns.

Huch winkelt den Ellenbogen ab.

- Maxim hat flinke Hände. Der Turm ist schon ziemlich hoch.

Alicia blickt nachdenklich auf Huchs Hände.

- Ich bezweifle, ob du noch etwas machen kannst.

Blumenberg legt sorgfältig die letzte Banane auf die Spitze des Turms.

- Wir haben es geschafft, sind fertig.

Huch gibt ihm den Bleistift zurück.

- Du warst schneller, als ich schreiben kann.

Blumenberg hebt Marlens Mantel auf.

- Ich möchte nicht, dass der Stift verloren geht. Darf ich ihn dir in die Tasche schieben?

Sie zuckt mit den Achseln.

- Ihr könnt mir alles in die Tasche schieben.

Blumenberg nimmt Huch den Karton aus der Hand.

- Der Mantel hätte Platz für 100 Kartons.

Alicia tastet die Beuteltaschen mit ihren Blicken ab.

- Das sind die größten Taschen der Gegend.

Marlen schlüpft in den Mantel.

- So groß sind sie nun auch wieder nicht.

Ein Mann steigt die schmale Treppe zum Fels hinauf.

- Hallo, ich bin Florian Gardner.

Er trägt eine auberginefarbene Hose, hat einen runden Stein in der Hand.

- Wollt ihr die Inschrift lesen?

Blumenberg reckt den Hals.

- Wo hat es eine Inschrift?

Gardner gibt ihm den Stein.

- Schau selber.

Blumenberg dreht und wendet den Stein, liest die Inschrift.

- Wo der Stein steht, liebt dich ein Mensch.

Der Mund steht ihm offen.

- Der Stein ist rund, kann gar nicht stehen.

Alicia wippt mit den Fußspitzen.

- Auch runde Steine können stehen. Es kommt darauf an, wie du sie aufstellst.

Marlen bewegt sich mit wiegenden Schultern.

- Es braucht ein bisschen Gefühl in den Fingern.

Alicia leckt sich die Oberlippe.

- Ich weiß gar nicht, ob Männer so viel Fingerspitzengefühl haben.

Blumenberg kauert nieder, versucht den Stein aufzustellen.

- Ich schon.

Er hebt die Hände.

- Da steht er. Seht ihr?

Der Stein kippt, rollt den steilen Hang hinunter.

Gardner läuft hinterher.

- Ich darf ihn nicht aus den Augen verlieren, sonst finde ich ihn kaum mehr.

Blumenberg folgt ihm.

- Es nimmt mich doch sehr wunder, wo er stehen bleibt.

Marlen heftet sich an seine Fersen.

- Wartet kurz! Welchen Menschen meint die Inschrift?

Alicia holt sie ein.

- Mich nimmt vor allem wunder, wen dieser Mensch lieben soll.

Huch stellt sich neben den Felsen, blickt ihnen nach, bis er sie zwischen den Stämmen aus den Augen verliert.

Eine Frau kommt bedächtig um den Felskopf.

- Hallo, ich bin Kira Cassin.

Sie trägt ein langes, rauschendes Kleid.

- Machst du Kunst mit Plastikbananen?

Huch lässt die Arme baumeln.

- Was ist für dich Kunst?

Kira spielt mit ihrer Halskette.

- Alles ist Kunst.

Ein Mann läuft die Holztreppe hinauf.

- Hallo, ich bin Lenny Hip.

Er trägt ein hellgelbes Hemd.

- Ich sammle Plastikbananen.

Kira breitet die Arme aus.

- Ich muss dich enttäuschen. Diese Bananen darfst du nicht haben.

Hip richtet den Blick prüfend auf den Turm.

- Ein leerer Korb steht schon bereit. Warum darf ich sie nicht hineinlegen und mitnehmen?

Sie springt, tänzelt, lockert die Muskeln.

- Lass die Finger davon! Das ist Kunst.

Hip schüttelt den Kopf.

- Aber ich könnte die Bananen doch auch kunstvoll abräumen. Das wäre dann auch Kunst.

Kira wendet sich an Huch.

- Was meinst du dazu?

Huch lächelt mit den Augen.

- Wenn alles Kunst ist, zählt das Abräumen dazu.

Kira lässt den Kopf nach vorne kippen.

- Dann könnte jeder daherkommen, den Turm umwerfen und sagen: Das ist Kunst.

Hip zeigt mit dem Finger auf sich selbst.

- Ich weiß, wie ich das mache. Ich nehme sorgfältig die oberste Banane, dann die nächste, bis der Turm kein Turm mehr ist. Folglich kann er auch nicht umgeworfen werden.

Er trägt den Turm ab, wirft die Bananen in den Korb.

- Schließt die Augen und wünscht euch etwas.

Kira schlägt die Lider nieder.

- Ich hätte gern einen Plastikstuhl.

Eine Frau steigt die Treppe hinauf.

- Hallo, ich bin Aurelia Wong.

Sie trägt ein rosarotes Samtkleid und bringt einen Plastikstuhl.

- Öffnet die Augen!

Kira hüpft auf und ab.

- Der Stuhl ist perfekt.

Aurelia stellt ihn ab.

- Vielleicht sieht er nur danach aus. Setz dich doch zuerst einmal.

Kira nimmt Platz.

- Wir nehmen ihn.

Aurelia reibt sich die Hände.

- Hast du gern Plastik?

Kira legt die Hand auf die Lehne.

- Ja, ich sitze darauf.

Aurelia wendet den Blick zu Hip.

- Wie steht es mit dir?

Er stellt sich auf die Bananen im Korb.

- Ich stehe auf Plastik.

Aurelia schaut Huch an.

- Hättest du gern eine Ledertasche?

Ein Lächeln huscht über seinen Mund.

- Einige brauchen Ledertaschen, andere nicht.

Kira springt auf.

- Also ich hätte gern eine Ledertasche.

Hip hüpft vom Korb herab.

- Ich auch.

Aurelia knickst höflich und verbeugt sich.

- Ihr müsst glücklich sein. Kommt mit!

Die Coladose klappt auf

Neben dem ausgetretenen Pfad zeichnet sich der Umriss eines Baums ab, so verwischt, als wären die Ränder bereit, sich im Nebel aufzulösen. Wildwechsel führen Huch bergauf, bergab um hohe Brombeerranken herum.
Auf der Landstraße angelangt, steht er plötzlich einer Frau gegenüber.

- Hallo, ich bin Lene Dalle.

Sie trägt ein Schwanenkostüm.
- Hast du dein Portemonnaie beim Cola-Automaten liegen lassen?
Huch hebt die Arme.
- Gibt es hier in der Nähe einen Automaten?
Lene spannt die Lippen ein wenig.
- Ja, am Waldrand. Ich habe das Portemonnaie gefunden und zu Hause auf den Tisch gelegt.
Sie schürzt den roten Mund.
- Und jetzt kommt der Clou: Ich habe meinen Schlüssel verloren.
Huch zieht beide Augenbrauen nach oben.
- Was hast du vor?
Lene klimpert mit den Wimpern.
- Mein Traum ist es, den Schlüssel wieder zu finden. Ich hoffe, das ist auch dein Traum.

Er zieht die Mundwinkel hoch.

- Sehen wir uns um. Vielleicht liegt er im Gras.

Ein Mann stolpert in ihn hinein.

                          - Hallo, ich bin Nils Malone.

Er trägt eine rußschwarze Hose.

- Entschuldige bitte. Ich habe meine Brille verlegt. Daher sehe ich nicht so gut. Sonst wäre das bestimmt nie passiert.

Huch hält die Hand locker flatternd in die Luft.

- Wo hast du die Brille abgelegt?

Malones Nasenflügel beben.

- Ich lege die Brille nicht ab, ich verlege sie. Das ist das Problem.

Lenes Augen irren hin und her.

- Aber du musst sie doch abgezogen haben. Sonst wäre sie noch auf deiner Nase.

Eine Frau kriecht unter einer himbeerroten Parkbank am Straßenrand hervor.

                       - Hallo, ich bin Elsa Elsässer.

Sie trägt einen Reifrock.

- Hat jemand einen Schlüssel verloren?

Lene hält die Hände unnatürlich und steif über den Kopf.

- Ich.

Elsa steht leise kichernd auf.

- Das ist gut.

Lene verschlägt es zunächst die Sprache.

- Wie kannst du das gut finden?

64

Sie atmet tief durch.

- Ich finde es eher an der Zeit, dass er gefunden wird.

Elsa klaubt einen Schlüssel aus der Tasche ihres Reifrocks.

- An deiner Stelle würde ich die Tür offen lassen oder mich zur Freundin nehmen. Ich finde fast alles.

Lene nimmt den Schlüssel entgegen.

- Wo lag er?

Elsa zeigt mit dem ausgestreckten Finger auf die Bank.

- Hinter der Rücklehne am Boden.

Sie klopft den Staub aus dem Rock.

- Aber ich kann dich trösten. Ich habe nämlich mein Portemonnaie verloren.

Lene spielt mit dem Schlüssel.

- Das ist witzig. Ich dachte, du würdest alles finden.

Malone mischt sich ins Gespräch.

- Sie sagte: Fast alles. Ich würde „fast" betonen, weil ich es für das wichtigste Wort im Satz halte.

Elsa stellt ein Bein angewinkelt auf die Bank.

- He, du hast gute Ohren.

Er senkt den Blick.

- Ja, ich höre die Federn im Kissen flüstern, gäbe aber viel darum, wenn ich besser sehen könnte. Sobald ich meine Brille wiederhabe, helfe ich dir suchen.

Lene macht eine schnelle Handbewegung in die Richtung, in die sie gehen will.

- Kommt mit. Bei mir zu Hause auf dem Tisch liegt ein Portemonnaie.

Sie berührt flüchtig, wie zufällig, Elsas Hand.

- Wenn es deines ist, verdiene ich einen Finderlohn.

Malone wirft einen verstohlenen Seitenblick auf Huch.

- Wir sind ein richtiges Finderteam. Du bist bei uns willkommen.

Huch wiegt den Kopf hin und her.

- Vielleicht wird deine Brille nicht so leicht zu finden sein.

Lene führt sie zu einem Haus mit einer verwaschenen Reklamewand.

- Da sind wir.

Elsa hebt den Kopf.

- Was steht an der Wand?

Lene schließt die Tür auf.

- Das ist Werbung einer verschwundenen Marke.

Malone liest.

- Huch-Cola.

Elsa hakt sich bei Huch ein.

- Findest du Huch nicht den allerseltsamsten Namen?

Lene drückt die Klinke.

- Und dann noch die Kombination: Huch-Cola!

Malone stellt die Brust vor und macht einen Hohlrücken.

- Wer heißt schon Huch?

Huch schiebt das rechte Bein etwas nach vorn.

- Ich.

Lene stößt die Tür auf.

- Du hast Humor. Das gefällt mir.

Elsa spreizt die Finger, presst sie auf Huchs Brust.

- He, das war ein lustiger Spaß, aber du darfst uns nicht verschaukeln.

Malone tritt ins Haus. Die seeblaue Farbe hängt in Flocken von der Wand.

- Zeigst du uns das Portemonnaie?

Eine zitronengelbe Sonnenstore wirft Schatten in den

Wohnraum.

Lene neigt das Becken leicht nach vorne.

- Geh zum Tisch!

Elsa drängt sich vor

- Ich sehe es von weitem. Das ist mein Portemonnaie.

Malone beugt sich über die Tischplatte.

- Du kommst rein und siehst es, hast gute Augen.

Elsa greift nach dem Geldbeutel.

- Danke.

Sie wirft ihn in die Höhe und fängt ihn wieder.

- Ihr habt einen Finderlohn verdient. Gehen wir zum Cola-Automaten! Ich spendiere euch eine Dose.

Lenes Stimme klingt verträumt.

- Das ist ein guter Anfang. Erst trinken wir eine Cola.

Ihr Blick ruht auf Huch.

- Dann tanze ich mit dir.

Malone stapft aus dem Haus.

- Niemand spricht von meiner Brille.

Huch verdreht die Hand leicht nach außen.

- Alle Brillen interessieren mich. Wie sieht sie aus?

Malone senkt den Kopf.

- Es ist eine Pilotenbrille.

Elsa läuft mit weit ausladenden Schritten zur Landstraße.

- Wenn ich die Cola getrunken habe, fühle ich mich frisch. Und weißt du, was wir hierauf machen?

Ein breites Lächeln huscht über ihr Gesicht.

- Dann laufen wir uns die Sohlen nach deiner Brille ab, und wenn wir bis ans Ende der Welt gehen müssen.

Er bekommt glänzende Augen.

- So weit?

Huch bleibt auf einem Bein stehen, betrachtet seine Schuhsohle.

- Ich denke über deinen Vorschlag nach.

Lene tippt auf seine Schulter.

- Denk später nach!

Malone beschleunigt die Schritte.

- Ich vermisse meine Brille.

Elsa hüpft durch die Luft.

- Das Wichtigste zuerst.

Er blickt herausfordernd.

- Was ist das Wichtigste?

Sie legt ihm den Arm um die Schulter.

- Ich würde gern mit dir aus einer Dose trinken.

Malone zieht die Augenbrauen hoch.

- Das verstehe ich nicht ganz. Warum könnt ihr Frauen nicht aus eurer eigenen Dose trinken?

Elsa holt tief Luft.

- Es schmeckt tausendmal besser.

Sie gehen über eine kleegrüne Wiese. Dahinter, am Waldrand steht der Cola-Automat.

Elsa öffnet den Geldbeutel.

- Ist das nicht ein großartiger Moment?

Sie steckt eine Münze in den Schlitz.

- Ich möchte eine Bitte äußern.

Lene tätschelt ihr liebevoll die Hand.

- Hast du einen Wunsch?

Elsa drückt eine Taste.

- Du musst die erste Cola nehmen.

Die Dose fällt in den Schacht.

Lene nimmt sie heraus, wiegt sie in der Hand.

- Fühl mal.

Sie reicht die Dose Huch weiter.

- Ich fürchte, sie ist leer.

Huch hält sie ans Ohr.

- Etwas scheppert darin, in A-Dur.

Elsa reißt die Augen auf.

- A-Dur? Was ist das?

Er schüttelt die Dose, horcht.

- A-Dur ist eine Tonart.

Der Dosenboden klappt auf. Etwas fällt ins Gras.

Malone bückt sich, tastet.

- Nein, es ist meine Brille.

Die unersetzliche Milch

Vor einer steil abfallenden Felswand geht Huch über eine Wiese, bleibt vor einer lebensgroßen Plastikkuh stehen. Eine Frau dirigiert Kühe über die Landstraße.

- Hallo, ich bin Diana Behrens.

Sie trägt Gummistiefel, deutet auf die Plastikkuh.
- Das ist die einzige Kuh, die immer auf der Weide bleibt.
Ein Mann stolpert den Hang hinauf.

- Hallo, ich bin Bruno Kemp.

Er hat lockiges Haar.
- Soll ich die Plastikkuh zum Laufen bringen?
Diana hält sich zwar verschämt die Hand vor den Mund, kann aber gar nicht mehr aufhören zu kichern.
- Brauch deinen Kopf! Wozu soll das gut sein?
Kemp stemmt den Ellbogen raus.
- Dann könnte ich auf ihr reiten.
Diana macht eine wegwerfende Handbewegung.
- Du plapperst wie mein Papagei. Ich weiß nicht, warum ich mir das anhöre.
Er schwingt sich wie ein Cowboy auf den Rücken der Plastikkuh.
- Wie heißt dein Papagei?

Diana geht hinter den Kühen den Wiesenweg hinunter.

- Er heißt Einstein.

Kemp rutscht herab, läuft ihr mit großen Sprüngen nach.

- Darf ich deinen Papagei sehen?

Sie hebt die Hände und sagt nur.

- Willst du sonst noch etwas sehen?

Huch verliert die Beiden und die Herde aus den Augen, trommelt mit den Fingern auf die Plastikkuh.

Sie dreht den Kopf.

- Wie heißt der Song, den du da trommelst?

Er plinkert mit den Augen.

- Du kannst dich bewegen?

Die Plastikkuh schüttelt langsam, sehr langsam den Kopf.

- Ich kenne keinen Song, der „Du kannst dich bewegen" heißt.

Huch ringt die Hände.

- Das ist nicht der Song, den ich getrommelt habe, sondern eine Frage.

Die Kuh zieht den linken Mundwinkel hoch.

- Gib doch einen Song ein.

Er lehnt sich mit angewinkeltem Bein gegen die Kuh.

- Wo kann ich einen Song eingeben?

Eine Frau schreitet durch die Weide.

- Hallo, ich bin Lana Brink.

Sie trägt einen Fächer.

- Die Kuh hat 9 Songs. Klopfst du, zum Beispiel 4 Mal mit dem Finger, spielt sie Song Nummer 4.

Huch sticht mit dem Finger in die Luft.

- 9 Songs? Welchen würdest du mir empfehlen?

Ein Mann bummelt durch die Wiese.

- Hallo, ich bin Kilian Montagu.

Er trägt kurze blauschwarze Socken.

- Magst du Katzen?

Huch zieht den Mundwinkel nach oben.

- Ja, das tu ich.

Montagu streckt 9 Finger.

- Dann wähle Song Nummer 9.

Huch klopft 9 Mal auf die Plastikkuh.

- Ich weiß nicht, ob ich das richtig mache.

Die Seitenwand der Plastikkuh klappt auf.

Er scheucht zurück.

- Habe ich zu stark geklopft?

Im Bauch schnurren 9 Katzen.

Lana schaut Huch in die Augen, ohne zu blinzeln.

- Gefällt dir der Song?

Huch schiebt die Hände in die Hosentaschen.

- Ja. Was ist dein Lieblingssong?

Um ihren Mund spielt ein geheimnisvolles Lächeln.

- Auch Nummer 9. Wir haben sehr viel gemeinsam.

Sie streichelt die vorderste Katze.

- Ich weiß, was diese Tiere mögen.

Die Katzen springen aus dem Bauch der Kuh, rennen mit angelegten Ohren über die Wiese. Die Seitenwand der Plastikkuh schließt sich.

Eine Frau tippelt über die Wiese.

- Hallo, ich bin Lynn Lenart.

Ihr Kleid liegt eng an. Sie trägt einen Korb mit orangegelben Blüten.

- Ich habe Musik gehört. Sie hat mir gut gefallen. Wem darf ich mit einem kleinen Geschenk danke sagen?

Montagu weist auf Huch.

- Er hat den Song gewählt.

Lynn legt Huch Blüten in die Hand.

- Du hast sie verdient.

Er atmet flach.

- Ich weiß nicht, was ich mit den Blüten machen soll. Hast du eine gute Idee?

Sie gibt ihm einen Kuss.

- Schenke sie einer Frau, die du liebst.

Seine Augen blicken umher.

- Also, ich finde, Lana ist freundlich. Ich finde auch dich sehr freundlich. Ich bin jetzt gar nicht sicher, wem ich sie weiter geben soll.

Die Plastikkuh reckt den Hals.

- Du scheinst unentschlossen zu sein, oder?

Huch starrt sie mit offenem Mund an.

- Unentschlossen dünkt mich ein bisschen krass gesagt. Ich denke einfach laut und bin froh um einen Tipp.

Die Kuh schleckt ihm mit der riesigen Zunge die Blüten von der Hand.

- Dann gib sie mir.

Sie zerkaut die Blüten.

- Ich verarbeite sie zu sehr guter Milch.

Sein Gesicht flimmert.

- Aber ich habe noch nie eine Kuh gemolken und habe keine Ahnung, wie das geht.
Ein Mann steigt leichtfüßig den Wiesenhang hoch.

- Hallo, ich bin Lasse Nuber.

Er trägt eine Jeansweste.
- Ich kann sehr gut melken, brauche nur einen Melkstuhl und ein Melkgeschirr.
Eine Frau wandert durchs Gras.

- Hallo, ich bin Freya Günzburg.

Sie hat dunkelgrüne Haare, bringt einen Melkstuhl und das Melkgeschirr.
- Deswegen bin ich hergekommen.
Nuber setzt sich auf den Melkstuhl.
- Danke für dein rechtzeitiges Eintreffen.
Freya stellt ihm das Geschirr hin.
- Was meinst du mit dieser Aussage?
Er beginnt zu melken.
- Ich will damit sagen: Ich musste keine Sekunde warten.
Herrlich, wie alles funktioniert!
Lana streckt das Kinn nach vorn.
- Jetzt drehen wir uns alle um und starren auf dich.
Nubers Hände sind unablässig in Bewegung.
- Warum denn?
Montagu beginnt zu kichern.
- Wir haben noch nie gesehen, wie die Milch aus der Kuh kommt.

Lynn schließt Huch in die Arme.

- Das war eine kluge Entscheidung.

Er hält die Luft an.

- Welche Entscheidung?

Sie schiebt eine Schulter nach vorn.

- Dass du die Blüten der Kuh verfüttert hast.

Huch befreit sich aus der Umarmung.

- Das habe ich gar nicht entschieden. Die Kuh nahm die Blüten, als ich noch am Nachdenken war.

Nubers Augen leuchten auf.

- Ich habe eine Melkmaschine, aber ich benutze sie selten. Und jetzt weiß ich, warum.

Freya stößt die Nasenspitze nach vorn.

- Weil es von Hand ohne Mühe geht.

Er schaukelt auf dem Melkstuhl hin und her.

- Ohne Mühe würde ich nicht sagen. Aber beim Arbeiten mit der Melkmaschine vermisse ich das Gefühl, etwas selber zu machen.

Lana guckt ratlos.

- Ich vermisse eine Tasse. Sollen wir etwa aus dem Melkgeschirr trinken?

Ein Mann rennt wie entfesselt über die Wiese.

- Hallo, ich bin Malte Matt.

Er trägt ein Leinenhemd, bringt einen Korb mit einer Schöpfkelle und Tassen.

- Seid ihr so aufgeregt wie ich?

Lynn lässt die Zunge bei halboffenem Mund sichtbar über die Zähne kreisen.

- Wie aufgeregt bist du?

Malte blinzelt in die Sonne.

- Ich fühle mich etwas aufgeregt.

Montagu beugt sich über den Korb.

- Nur etwas? Und warum?

Malte zieht den Kopf zwischen die Schultern.

- Diese Plastikkuh ist sehr schön. Und sie gibt erst noch Milch.

Nuber erhebt sich vom Melkstuhl.

- Darf ich die Schöpfkelle nehmen?

Malte hält ihm den Korb hin.

- Bediene dich.

Nuber taucht sie ins Melkgeschirr.

- Ich habe viel Milch gemolken. Wer möchte zuerst probieren?

Freya schnappt sich eine Tasse.

- Beim Melken zusehen, gibt Durst. Was ich jetzt brauche, ist ein Schluck Milch.

Er füllt die Tasse.

- Die Milch ist gratis, aber unersetzlich.

Sie riecht daran.

- Ich würde mich aber zum Trinken sehr gern setzen. Warum sagst du unersetzlich?

Nuber belehrt sie in atemberaubendem Sprechtempo.

- Ich rede von der Milch, die jetzt in deiner Tasse ist. Sie fehlt im Melkgeschirr. Die Menge ist kleiner und wird nicht von selber wieder größer.

Lana schiebt Freya den Melkstuhl hin.

- Da haben wir doch etwas Stuhlartiges! Willst du dich darauf setzen?

Das erwartete Versprechen

Ein Weg führt aus dem Hagebuttengestrüpp. In der Ferne rauscht ein Wasserfall. Huch hört Musik in seinem Klang, gelangt zu einem Gießbach im Wald. Von Fels zu Fels ist eine Hängebrücke gespannt. Im Perlenvorhang aus Wassertropfen und glitzerndem Staub schimmert ein Regenbogen.
Eine Frau überquert die Brücke im Geschwindschritt.

- Hallo, ich bin Liana Lubitsch.

Sie trägt ein Sommerkleid.
- Versprich mir etwas, das du nicht geben kannst.
Huch geht einen Schritt zur Seite, einen Schritt nach hinten.
- Wieso ich?
Ihre Augen funkeln.
- Ich sehe nur dich. Siehst du sonst noch wen?
Ein Mann tanzt mit ausgebreiteten Armen über die Brücke.

- Hallo, ich bin Arthur Holiday.

Er trägt eine Mütze.
- Ich muss dir um jeden Preis etwas versprechen.
Liana haut sich vor Lachen auf die Schenkel.
- Was denn?
Holiday zieht die Schultern bis zu den Ohren hoch.

- Wie wäre es mit einem Glas Orangensaft?

Sie wirft den Kopf in den Nacken.

- Das tönt vielversprechend. Wo hast du den Saft?

Eine Frau lässt sich von einem Ast auf die Hängebrücke fallen.

- Hallo, ich bin Carolina Gugel.

Sie hat eine Igelfrisur. Als ihre Füße die Planken berühren, verwandelt sich die Hängebrücke in einen riesigen Orangenbaum.

- Ihr habt einen guten Grund, euch wirklich zu freuen.

Liana senkt den Kopf.

- Ich freue mich überhaupt nicht. Arthur hat mir Saft versprochen.

Carolina pflückt eine Orange.

- Ist gut! Gleich ist er da.

Liana schnappt nach Luft.

- Ist schlecht! Er sollte mir etwas versprechen, dass er nicht halten kann.

Das entlockt Carolina nur ein Achselzucken.

- Nun, er steht mit leeren Händen da. Ich habe die Orange gebracht, nicht er.

Sie schaut ruckartig zu Huch.

- Hast du auch etwas versprochen?

Er fährt über seine Fingerkuppen.

- Warum schaust du mich an?

Carolina wippt mit den Füßen.

- Steht da sonst noch wer rum, der etwas mit Versprechen am Hut hat?

Ein Mann klettert aus dem Orangenbaum.

- Hallo, ich bin Robin Zimmerling.

Er trägt kornblumenblaue Arbeitskleider.
- Ich verbreche, will sagen: verspreche mich immer.
Liana hält sich die Ohren zu.
- Versprechen und sich versprechen ist nicht das Gleiche.
Holiday nickt aufmunternd.
- Du solltest dich mal im Spiegel sehen, wenn du so dastehst und dir die Ohren zuhältst.
Sie saugt die Luft tief durch die Nase ein.
- Wo hat es einen Spiegel?
Carolina spielt mit der Orange.
- Steigen wir durch den Baum zu meinem Dorf. Dort hat es Spiegel und Glastüren.
Zimmerling streicht eine widerspenstige Haarsträhne aus der Stirn.
- Ich will euch leiten, will sagen: begleiten. Ist das echt, ich meine: recht?
Lianas Gesichtszüge entspannen sich.
- Du bist wie alle willkommen.
Holiday biegt die Äste des Orangenbaums auseinander.
- Mir war die Hängebrücke lieber.
Carolina wirft die Orange wie einen Ball in die Luft, klatscht in die Hände.
- Hurra! Ich kann sie 4 Meter hoch werfen.
Bevor sie die Frucht wieder auffängt, hat sich der Baum in die Brücke zurückverwandelt.
- Das ist mein neuer Rekord.

Zimmerling zeigt auf die Orange.

- Ihr Meter, will sagen: 4 Meter sind unverlierbar, ich meine: unbesiegbar.

Liana geht voran. Auf der Brücke dreht sie sich nach Huch um.

- Du bist doch auch dabei, oder?

Holiday drückt ein Auge zu.

- Versprich es ihr.

Huch hebt den Arm.

- Ich wollte eh über die Brücke.

Sie klettern den Hang hinauf. Die Häuser von Carolinas Dorf sind eng aneinander gedrängt auf einer langen Felsenkuppe. Fahnen an langen Bambusstangen leuchten aus ihnen hervor.

Carolina steigt die enge Gasse und Treppe zu einem Platz hinauf, weist auf ein leerstehendes, graffitiverziertes Gebäude.

- Ich hatte einen außergewöhnlichen Traum, wollte ein Haus, in welchem es nur Spiegel und Glastüren gibt.

Zimmerling prescht vor.

- Darf ich die Siegel, will sagen: Spiegel sehen?

Er dringt ins Haus ein. Ein Spiegel lehnt an die Wand.

Liana tritt neben ihn, legt die Hände auf die Ohren.

- Sag jetzt nichts.

Sie blickt Zimmerling durch den Spiegel an.

- Hör zuerst den Wörtern zu, bevor du sie aussprichst. Kannst du das?

Zimmerling nickt.

Holiday stellt sich vor einen Ankleidespiegel, blickt hinein, entdeckt einen Feldstecher, der an der Klinke einer Glastür hängt.

- Ich würde mich mal gern durchs Fernglas betrachten.

Zimmerling fährt herum.

- Eigentlich hat das Fernglas einen anderen Zweck.

Holiday runzelt die Stirn.

- Was ist denn mit dir passiert? Warum sagst du nicht Ferngas oder etwas in der Art?

Zimmerling nimmt den Feldstecher.

- Weil jetzt den Wörtern zuerst zuhöre.

Holiday hängt die Daumen in die Gürtel.

- Komisch, ich kann die Wörter nicht hören.

Zimmerling tritt ans Fenster, späht durchs Fernglas.

- Seit meiner Kindheit beobachte ich Vögel.

Ihm stockt der Atem.

- Ich sehe einen Riesentukan. Er fliegt zu uns.

Holiday neigt den Kopf zur Seite.

- Und? Ist er etwas Besonderes? Legt er goldene Eier?

Zimmerling setzt den Feldstecher ab.

- Nein, er frisst gern Orangen. Wir müssen Carolina warnen.

Carolina steht vor der graffitiverzierten Wand, wirft die Orange hoch.

- Mein Traum wäre, die Orange in so große Höhe zu bringen, dass sie nicht mehr herunterfällt.

Ein Flugschatten fällt auf ihr Gesicht. Der Tukan schnappt die Orange, fliegt weg.

Zimmerling stürzt sich aus dem Haus.

- Wir müssen ihn verfolgen.

Er trippelt die Felsenkuppe hinunter.

- Er kann die Orange nicht im Flug fressen.

Holiday läuft hinterher.

- Wir brauchen eine Kamera. Ich verspreche euch: Das gibt das Bild des Jahres.

Liana schließt halb die Augen.

- Arthur ist sympathisch, verspricht laufend Sachen, die er nicht halten kann.

Huchs Blick wandert über den Bergrücken.

- Wo komme ich eigentlich hin, wenn ich über das Dorf hinausgehe?

Carolina spielt mit den Zehen.

- Auf eine breite Piste.

Sie führt ihn durch eine enge, rot gepflasterte Gasse zu einem Parkplatz hinauf.

- Ich zeige sie dir gern.

Liana folgt ihnen.

- Vielleicht treffen wir dort Männer, die mir etwas versprechen.

Ein Wohnwagen steht neben einem grün gestrichenen Betonklotz.

Carolina schaut Huch ins Gesicht.

- Mach du es doch! Versprich ihr irgendetwas!

Huch verbirgt die Hände in den Taschen seiner Hose.

- Würdest du gern eine Blume sehen?

Liana stößt mit dem Fuß gegen einen scheppernden, flachen Blechteller.

- Ich sehe vor allem einen leeren Teller.

Sie hebt ihn auf.

- Warum verspricht mir niemand etwas zu essen?

Eine Frau springt vom Betonklotz.

- Hallo, ich bin Alissa Hanau.

Sie trägt eine hermelinweiße Fleecejacke und eine Halskette aus Himbeerbonbons.
- Was erwartest du?
Liana klopft mit den Fingern auf den Teller.
- Etwas, das du nicht geben kannst. Und du musst es mir versprechen.
Alissa schenkt ihr ein aufmunterndes Lächeln.
- Hättest du gern Schmuck?
Liana trippelt auf den Zehenspitzen herum.
- Soll ich etwa Schmuck essen?
Alissa zieht ihre Halskette ab und legt sie auf den Blechteller.
- Meine Himbeerbonbons bestehen aus Himbeersirup und Zucker. Ich kann sie nur empfehlen.
Carolina nimmt die Kette, hält sie unter die Nase und lächelt.
- Da ist auch Orangensaft drin.
Liana senkt die großen Augen.
- Esst meinetwegen die Kette.
Sie schürzt unmerklich die Lippen.
- Was mache ich jetzt mit dem Teller?
Ein Mann tritt aus dem Wohnwagen.

- Hallo, ich bin Justus Mäusel.

Er trägt eine verwitterte Jacke, klappt den Gliedermeter auf.
- Darf ich den Teller messen?

Liana gibt ihn aus der Hand.

- Jemand muss etwas damit machen.

Mäusel legt den Meter an.

- Staunen ist erlaubt! Er passt genau.

Er läuft in den Wohnwagen. Die Wände zieren zerfledderte Plattencovers. Er nimmt ein Cover von der Wand, schiebt den Teller hinein.

- Sicher finde ich noch das passende Grammophon dazu.

Jeder verdient eine zweite Chance

Schafe weiden im leicht ansteigenden Hang, der von Büschen umrankt ist. Durch Wolken der wild wachsenden Minzfelder gelangt Huch zu einer Straße mit einem breiten Bürgersteig. Sie führt eine kleine Anhöhe hinauf. Eine seerosenweiße Stretchlimousine hält an.
Die Fahrerin beugt sich aus dem Seitenfenster.

- Hallo, ich bin Vivienne Pütz.

Sie hat ihre Fingernägel goldgelb lackiert, trägt einen orangefarbenen Schal.
- Willst du mitfahren?
Huch verschränkt die Arme.
- Muss ich sofort antworten?
Vivienne stellt den Motor ab.
- Ja, sonst bin ich weg.
Er beschirmt seine Augen mit der Hand.
- Wohin fährst du?
Sie steigt aus.
- Siehst du das Haus?
Huchs Blick wandert.
- Du hast eine Singstimme.
   Am Ende der Straße steht eine Villa, leuchtend blau gestrichen. Eine Fahne knattert im Wind. Neben dem Mast steht ein knallroter Briefkasten, mit einer goldenen

Lotosblüte garniert.

Vivienne fährt sich mit den Fingern durchs Haar.

- Was hast du gesagt?

Er wendet seinen Blick von der Villa ab.

- Ich könnte mir vorstellen, dass du gut singen kannst.

Sie beugt sich in die Stretchlimousine.

- Ich werde dir etwas vorsingen.

Huch schwingt die Arme.

- Was ist dein Lieblingssong?

Vivienne hält ein Couvert hoch.

- Das verrate ich dir später. Wirf erst diesen Brief ein!

Er macht ein fragendes Gesicht.

- Wo soll ich ihn einwerfen?

Sie zeigt auf den knallroten Briefkasten.

- Wo wohl? – Es gibt nur einen Kasten weit und breit.

Huch sieht sich um.

- Wo hast du diesen orangen Schal bekommen?

Vivienne meint mit Blick auf den Briefkasten.

- Reden wir jetzt von meinem Schal oder was?

Er wiegt fast unmerklich den Kopf.

- Es liegt nicht an mir, die Zukunft vorherzusagen.

Sie lässt den Schal über ihre Oberarme rutschen.

- Die Zukunft ist ganz einfach. Wir gehen ein paar Schritte zusammen und stecken den Brief in den Kasten.

Er streckt die Nase nach vorn.

- Ist gut. Ich spaziere gern.

Sie wendet sich ihm in einer leichten Drehung des Oberkörpers zu.

- Ich wusste, dass aus uns Freunde würden.

Sie gehen miteinander zum Ende der Straße.

Vivienne blickt zur Villa.

- Warum sollten wir den Brief in den Kasten werfen?

Sie sieht die Vorhänge wehen.

- Die Fenster sind offen.

Ein Kiesweg schlängelt sich durch den Rasen, der die Villa umgibt. Laubbäume rascheln. Bienen summen.

Vivienne geht am Eingang vorbei, schaut zum breiten, offenen Fenster hinein.

- Da hat es 2 halbvolle Plastikbecher mit quietschgrünem Gemüsesaft.

Huch stellt sich neben sie, späht hinein. Die Wände sind sorgfältig geweißelt. Die Becher stehen auf einer tomatenroten Tischdecke.

Er reckt sich, um besser sehen zu können.

- Woher weißt du, dass es Gemüsesaft ist?

Ein Mann stürmt aus dem Hinterraum, rennt mit ausgreifenden Eisläuferschritten eine Schlaufe um den Tisch, kommt ans Fenster.

- Hallo, ich bin Pepe Cohan.

Er trägt eine eng geschnittene kohlrabenschwarze Weste.

- Hättet ihr Lust, Saft zu trinken?

Vivienne schiebt mit halb geschlossenen Augen das Haar zurück.

- Vom Saft reden wir später. Zuerst erwarten wir einen Dank. Wir haben alles getan, um dir diesen Brief zu überreichen.

Cohan nimmt den Umschlag entgegen.

- Wisst ihr, was drin steht?

Sie lehnt lässig gegen den Fenstersims.

- Da können wir nur lachen. Wir lesen die Adresse, weiter nichts.

Er schlitzt das Couvert mit einem Taschenmesser auf.

- Es ist das erste Mal, dass ich den Brief am offenen Fenster aufmache.

Vivienne stützt die angewinkelten Arme auf den Sims.

- Wir sind überhaupt nicht neugierig. Was steht drin?

Cohan liest mit einer leisen, leicht heiseren Stimme vor.

- Ich habe dir nichts zu schreiben.

Sie kehrt ihr Gesicht Huch zu.

- Was sagst du zu so einem Brief?

Er schlägt die Lider nieder.

- Hast du alles vorgelesen?

Cohan zieht die Brauen über der Nasenwurzel zusammen.

- Fast alles. Da steht noch: Mit freundlichen Grüßen.

Huch breitet die gestreckten Arme aus.

- Und ein Name?

Cohan zwingt sich ein Lächeln ab.

- Ja, ein Name steht auch.

Huch kehrt den Handteller nach oben.

- Nämlich?

Eine Frau schlendert den Kiesweg zur Villa hinauf, tippt Huch gegen die Schulter.

- Hallo, ich bin Livia Munz.

Sie trägt ein Stirnband.

- Vivienne, hast du den Brief gebracht?

Die Fahrerin fährt sich durchs Haar.

- Ja sicher.

Cohan beugt sich weit über den Fenstersims.

- Danke für den Brief! Ich wollte ihn zweimal lesen, bin jedoch erst einmal dazu gekommen.

Livia spreizt die Finger.

- Und? Wie hat er auf dich gewirkt?

Er stützt den Kopf mit der Hand.

- Der Brief ist sehr lang, aber er hat mir trotzdem gefallen.

Sie kann sich vor Lachen nicht mehr einkriegen.

- Das ist der kürzeste, den ich je geschrieben habe.

Vivienne schüttelt die Locken.

- Uns kommt er lang vor.

Livia runzelt die Stirn.

- Warum?

Vivienne schnippt andeutungsweise mit den Fingern.

- Weil wir die ganze Zeit den Saft angucken und ihn gern trinken würden.

Cohan geht zum Tisch, legt den Brief auf das tomatenrote Tuch.

- Jeder sehnt sich nun mal nach meinem Saft. Ich kann das verstehen.

Er stellt die Plastikbecher auf den Sims.

- Willst du auch einen?

Livia zuckt etwas ratlos die Schulter.

- Was ist das für ein quietschgrüner Saft?

Cohan schlägt den Blick auf.

- Den habe ich extra für dich gemacht.

Sie reckt das Kinn vor.

- Ich kann meine Augen nicht von ihm lassen.

Er gibt ihr den Becher.

- Da hilft nur Eins: Trinken.

Livia trinkt den Saft in einem Zug aus, bekommt wässerige Augen.

- Du wirst dich wahrscheinlich nie mehr auf einen Brief von mir freuen.

Vivienne fragt mit ausgesuchter Freundlichkeit.

- Wie kommst du darauf?

Livia stellt den Becher ab.

- Ich bin mir sehr sicher, dass ich etwas Falsches geschrieben habe.

Ein Mann kommt auf einem großen grasgrünen Frosch angeritten.

- Hallo, ich bin Dominik Bopp.

Er trägt ein pantherschwarzes Hemd.

- Habt ihr zufällig Altpapier im Haus?

Cohan nimmt den Brief vom tomatenroten Tischtuch.

- Das Blatt kannst du vielleicht brauchen.

Bopp steigt ab.

- Ich möchte den Planeten retten.

Huch greift sich an den Kopf.

- Wie geht das?

Bopp schiebt sich zwischen die Frauen ans Fenster.

- Ich recycle.

Livia streckt die Hände aus.

- Gib mir den Brief zurück!

Cohan reicht ihr das Blatt.

- Sammelst du selber Altpapier?

Sie kämpft mit den Tränen.

- Nein, ich möchte ihn ändern. Hast du eine Idee? Was

92

würde dir gefallen?

Er kratzt sich vielsagend am Hals.

- Schreib: Hallo Pepe, wie geht es dir?

Vivienne gibt ihr einen Kugelschreiber.

- Das kriegst du hin. Es ist nur eine kleine Änderung.

Livia legt das Blatt auf den Sims, streicht den ersten Satz durch und schreibt die Frage darunter.

- Ich hätte nie erwartet, dass es so einfach ist.

Bopp wendet sich zum Gehen.

- Das ist ein wertvoller Brief.

Er schwingt sich auf den Frosch.

- Den werdet ihr bestimmt aufbewahren und nie wegwerfen.

Cohan ruft ihm nach.

- Warte! Da ist noch ein leerer Plastikbecher. Kannst du ihn recyceln?

Bopp rutscht vom Rücken des Froschs.

- Ich beobachte doch alle Fensterbretter, ob Plastik darauf steht. Was ist mit mir los?

Er verstummt fassungslos verblüfft.

Nach einem Wimpernschlag wagt er die Zusatzfrage.

- Ihr nehmt es mir doch hoffentlich nicht übel?

Huch drückt den Zeigefinger auf die Daumenbeere.

- Jeder verdient eine zweite Chance.

Es ist unmöglich die Landung vorherzusagen

Eine Felsgruppe hebt sich vom Grüngelb der Steppe ab. Ein mit Blumen geschmückter Esel löst sich aus ihrem Schatten, stellt die Ohren, reckt den Hals, geht an Huch vorbei. Eine Grille zirpt. Das ferne Blöken eines Schafs weht herüber.
Bei einem mausgrauen Fels mit Felsnase, Augen und Mund läuft eine Frau auf Huch zu.

- Hallo, ich bin Aurora Bola.

Ihr langes Haar ist locker gescheitelt.
- Möchtest du lieber mit dem Kaugummi eine Blase machen oder mit dem Felsen sprechen?
Huch tippt an den Hut.
- Wie geht das?
Aurora umfasst mit der rechten Hand den Nacken.
- Ist das nicht irgendwie klar?
Ein Mann schreitet heran.

- Hallo, ich bin Gabriel Mango.

Er trägt eine pechschwarze Smokinghose.
- Ich hätte gern einen Kaugummi.
Sie klaubt einen Würfel aus der Tasche.
- Gut! Würfeln wir!

Mango nimmt den Würfel.

- Ist das schon alles?

Aurora wippt mit der Hand.

- Das ist der Anfang.

Er wirft den Würfel hoch in die Luft, schaut zu, wie er auf den sandigen Boden fällt.

- Ist es normal, dass 3 Punkte oben sind, wenn er landet?

Sie bückt sich, hebt den Würfel auf.

- Hast du ein Problem damit?

Mango streckt die Hände in Halshöhe aus.

- Überhaupt nicht. Ich sage immer: 3% sind sicher mehr als 1%, zum Beispiel.

Aurora verzieht ihr Gesicht zu einem herben Lächeln.

- Es genügt, wenn du dir die 3 merkst. Die Prozente schenke ich dir.

Er schiebt den Kopf vor.

- Ich habe sie schon auswendig gelernt. Aber warum muss ich sie mir merken?

Sie wirft den Würfel auf.

- Ich kenne eben viele Spieler, die schlechte Verlierer sind.

Mango reckt die Finger wie Antennen empor.

- Verlieren ist nicht so extrem schwer für mich.

Aurora deutet mit gesenkten Wimpern auf den Würfel.

- Zum Glück! Ich habe nämlich die 5 gewürfelt.

Sie geht in die Hocke, schnappt den Würfel.

- Jetzt wissen wir auch, wer mit dem Felsen sprechen muss.

Mango neigt den Kopf.

- Du, weil du gewonnen hast?

Sie richtet sich zu ihrer vollen Größe auf.

- Nein du, weil du verloren hast.

Er lacht scheppernd.

- Ich hätte lieber einen Kaugummi. Mit einem Felsen habe ich noch nie gesprochen. Der gibt doch höchstens ein Echo.

Aurora rollt den Würfel über den Handteller.

- Du redest die ganze Zeit, aber leider nicht mit ihm.

Mango sieht den Felsen lang und prüfend an.

- Hallo.

Der Fels klemmt die Mundwinkel zu einem Lächeln ein.

- Du musst verrückt sein, dass du mit mir sprichst.

Mango holt tief Luft.

- Machst du dir Sorgen um meine Gesundheit?

Der Fels wendet den Blick ab.

- Nein, ich bitte dich nur: Sei nicht albern.

Mango reckt seinen Kopf empor.

- Ich kann doch etwas lernen, wenn ich mit dir rede.

Der Fels setzt ein nachdenkliches Gesicht auf.

- Was willst du lernen?

Mango stutzt bei dieser Frage einen Moment lang.

- Egal was.

Der Fels zieht die Augenbraue kurz hoch.

- Über was möchtest du reden?

Mango breitet die Arme aus.

- Ich spreche gern über Liebe.

Der Fels zieht die Nase kraus.

- Ich bin fassungslos und weiß nichts mehr zu sagen.

Eine Frau streift durch die Steppe.

- Hallo, ich bin Malina Morning.

Sie trägt ein schneeweißes Kleid und watteweiße Strümpfe.

- Willst du mit mir über Liebe sprechen?

Mango winkelt die Arme an.

- Ja.

Malina probiert einen Tanzschritt.

- Schieß los! Was möchtest du wissen?

Er streicht sich über das Kinn.

- Wie hat der prähistorische Mensch die Liebe erlebt?

Ein Mann läuft durch die Steppe.

- Hallo, ich bin John Karling.

Er trägt Fellkleider und bringt eine Schuhschachtel.

- Ich bin ein prähistorischer Mensch. Darf ich euch zeigen, wie ich die Liebe erlebe?

Aurora klatscht aus Leibeskräften.

- Das wird eine interessante Vorstellung sein.

Karling legt eine Hand auf die Schachtel.

- Wir machen ein Quiz: Welche Farbe haben rote Schuhe?

Mango zappelt nervös um ihn herum.

- Ich weiß nicht, was die Frage bedeutet.

Malina reißt lächelnd den Mund auf.

- Ich schon: Rote Schuhe sind rot.

Karling hält die Schachtel in die Höhe.

- Es war nicht einfach, die Quizfrage zu lösen, aber du hast es geschafft und gewonnen! Ich gratuliere dir.

Er deutet mit einem Nicken auf einen Felsvorsprung.

- Setz dich hierhin.

Sie nimmt Platz.

- Das ist eine gute Idee.

Karling übergibt Mango die Schachtel.

- Du würdest also deiner Freundin den Preis anprobieren.

Mango schneidet eine Grimasse.

- Sie ist nicht meine Freundin.

Malina streckt den linken Fuß lässig nach außen.

- Willst du nicht?

Er hebt den Deckel von der Schachtel.

- Doch, doch.

Sie winkelt den Fuß an.

- Aber ich will nicht mehr. Du bist offensichtlich nicht mein Freund.

Aurora nimmt ihm die Schachtel ab.

- Natürlich nicht, das ist ziemlich unmöglich.

Sie schmiegt den Kopf an Huchs Schulter.

- Wir sind im selben Team

Sie übergibt ihm die Schachtel.

- Sei so gut.

Karling schwenkt seine Nase.

- Warum hast du dich nicht selber gemeldet?

Huch beugt seinen Kopf tief.

- Für das Quiz oder für die Preisübergabe?

Eine Frau durchschreitet die Steppe mit festem, schnellem Schritt.

- Hallo, ich bin Ava Cipriano.

Sie hat ein lilienweißes Hütchen schräg auf den Kopf gesetzt.

- Ich kümmere mich darum.

Ein Lächeln fliegt über sein Gesicht.

- Dankeschön. Ich lerne nämlich sehr viel beim Zuschauen.

Ava ergreift die Schachtel, kniet vor Malina.

- Darf ich dir die Schuhe ausziehen?

Malina schlägt die Hände vors Gesicht und lacht.

- So macht es Spaß, einen Preis zu bekommen.

Ava klaubt einen lackroten Schuh aus der Schachtel.

- Mein Gefühl sagt mir: Die Größe stimmt.

Aurora hält den Atem an.

- Endlich kommt jemand, der ein Gefühl für die Größe hat.

Mango begibt sich wieder zurück in die Steppe.

- Das dauert mir zu lange.

Malina blickt ihm verstört nach.

- He! Du wolltest doch wissen, wie der prähistorische Mensch die Liebe erlebt.

Karling kratzt sich am Kinn.

- Es ist schwieriger, als ich es mir vorgestellt habe.

Ava legt ihr den Schuh an.

- Er passt wirklich gut.

Malina schlägt die Augen auf.

- Das wird die beste Zeit meines Lebens.

Ava zieht ihr den zweiten Schuh an.

- Ich tu, was ich kann, dass es gelingt.

Malina steht auf. Die Schuhe beflügeln ihre Schritte.

- Ich möchte euch zeigen, was mir John geschenkt hat.

Aurora nimmt ihre Hand.

- Es überrascht mich, wie leicht du gehst.

Karling zuckt mit dem Bein.

- Es gibt nichts mehr zu tun, also gehe ich Golf spielen.

Ava tollt herum.

- Geh, wenn du willst.

Eine Plastikblase schwebt herab. Darin liegt ein Mann.

- Hallo, ich bin Noel Benning.

Er trägt eine malvenfarbige Windjacke.

- Ich muss Johann Sebastian Huch finden.

Huch hebt lässig die Hand zum Gruß.

- Du hast mich schon gefunden.

Benning steigt aus.

- Die Blase ist für dich.

Huch lässt den Arm über die ausgestellte Hüfte fallen.

- Für mich? Wieso?

Benning deutet mit dem Finger auf die Plastikblase.

- Du wolltest keine Blase mit dem Kaugummi machen. Darum schenke ich dir eine richtige.

An Bord der Yacht sieht alles hell aus

Eine Welle mit grünblau schimmernder Schaumkrone überschlägt sich vor dem Strand. Der See glitzert. Das Wasser ist ganz klar. Huch geht über den quarzweißen Sand, bleibt bei einem Bootssteg stehen, schaut den Schmetterlingen zu, die über dem Seespiegel tanzen.
Eine Frau läuft in hurtigen Sprüngen auf ihn zu.

- Hallo, ich bin Daria Poch.

Sie trägt ein T-Shirt.
- Ich brauche eine Tomatendose.
Huch stützt die Hände in die Hüfte.
- Bist du ganz allein oder suchen viele Leute Tomatendosen?
Daria wirft die Lippen auf.
- Jeder sucht Tomatendosen.
Ein Mann schlenkert über den Strand.

- Hallo, ich bin Levin Boni.

Er trägt eine pflaumenviolette Hose und bringt eine Tomatendose.
- Ich kann euch helfen.
Sie schüttelt ihm dankbar die Hand.
- Dankeschön. Was für eine schöne Dose!
Boni legt ein Lächeln auf seine Lippen.

103

- Das ist gern geschehen. Wollt ihr mit mir einkaufen gehen?

Ihr Blick schweift nach links, bleibt an Huch hängen.

- Was könnten wir kaufen?

Er schaut sinnierend auf den See hinaus.

- Darf ich etwas wählen?

Boni reibt sich die Augen.

- Klar darfst du etwas wählen.

Eine Frau quert den Strand.

- Hallo, ich bin Edda Elber.

Sie trägt einen schmalen Gürtel.

- Ich hätte gern Brot und Butter.

Daria sagt mit einem Augenzwinkern.

- Mit Butter musst du bei dem Wetter etwas vorsichtig sein.

Boni stellt sich auf die Zehenspitzen und schaut Huch an.

- Kannst du Brot backen?

Er beugt den Oberkörper nach vorn.

- Denkst du an einen Holzbackofen oder einen elektrischen?

Ein Mann marschiert mit großen Schritten daher.

- Hallo, ich bin Michael Lattenhauer.

Er trägt einen Hut.

- Am Ende der Bucht ist ein Backofen voller Brote. Sie rufen: Zieht mich raus.

Daria springt mit weit ausgesteckten Beinen wie ein Flugkörper über den Strand.

- Da dürfen wir nicht länger warten.

Boni läuft hinterher.

- Wir gehen sofort.

Edda spurtet los.

- Die ganze Bande macht sich auf den Weg!

Lattenhauer folgt ihr.

- Seid ihr eine richtige Strandbande? Darf ich auch dabei sein?

Daria blickt zu Huch zurück.

- Ich möchte, dass du mitkommst.

Eine Yacht nähert sich dem Bootssteg. Sie ist aus Tomatendosen zusammengeschweißt.

Eine Frau beugt sich über die Reling.

- Hallo, ich bin Liliana Kronenberg.

Sie trägt einen pazifikblauen Hosenanzug.

- Brauchst du eine Backschaufel? Sag es mir bitte. Ich möchte es gern wissen.

Huch zuckt mit den Mundwinkeln.

- Ich könnte sie mir ansehen.

Liliana steuert die Yacht zum Ufer.

- Was machst du am See?

Er geht über den Steg.

- Ich beobachte, wie Schmetterlinge fliegen.

Sie reicht ihm die Hand.

- Steig ein.

Huch begibt sich aufs Sonnendeck, wo mehrere hölzerne Backschaufeln liegen.

- Sind das Ruder?

Liliana wirft ihre Haarmähne in den Nacken.

- Du bist lustig. Jeder erkennt auf den ersten Blick, dass es Backschaufeln sind.

Er zieht die Schultern bis an seine Ohren.

- Ich weiß nicht genau, was man zum Backen braucht.

Sie startet den Motor.

- Vielleicht weißt du mehr, als du mir erzählst.

Huch hört vom Ende der Bucht eine Stimme rufen.

- Wo bleibst du?

Er richtet sich auf.

- Das ist Daria.

Liliana lenkt die Yacht durch die Bucht.

- Von deiner Freundin hast du mir auch noch nichts erzählt.

Er saugt die Luft ein, die nach Seewasser riecht.

- Ich traf sie am Strand.

Am Ende der Bucht führt ein schmaler Steg zu einem großen runden Holzbackofen. Er steht neben einem riesigen Steintisch.

Liliana vertäut die Yacht.

- Hast du gerufen?

Daria rinnt der Schweiß die Wange hinunter.

- Ja, da sind Brote im Ofen.

Boni wischt sich die Hände an der pflaumenvioletten Hose ab.

- Sie rufen: Zieht mich raus!

Edda tigert um den Ofen.

- Das müsst ihr euch anhören.

Liliana geht über den Steg zum Ofen.

- Ich werde mit den Broten reden.

Lattenhauer holt Luft.

- Was willst du ihnen sagen?

Sie tritt vor den Backofen.

- Hallo, wir kommen mit Backschaufeln und holen euch raus.

Das vorderste Brot lässt verlauten.

- Wir schätzen eure Hilfe.

Daria erkundigt sich.

- Wo hast du die Schaufeln?

Liliana weist zur Yacht.

- Auf dem Sonnendeck. Holt sie euch.

Boni rennt über den schmalen Steg.

- Ich will die Brote retten.

Ihr Mund bleibt weit offen stehen.

- Ich verstehe nicht, warum ihr so eilt.

Von Edda kommt prompt die Antwort.

- Ich hätte eben gern Brot und Butter.

Liliana hat ein nachsichtiges Lächeln auf den Lippen.

- Hey, entspann dich.

Lattenhauer richtet die Augen auf die Yacht.

- Ich liebe Yachten.

Er entdeckt Huch auf dem Sonnendeck.

- Du gehörst doch zur Strandbande. Wie bist du auf die Yacht gekommen?

Huch setzt sich auf die Reling.

- Über den Bootssteg bei den Schmetterlingen.

Boni bückt sich nach den Backschaufeln.

- Rede nicht rum! Pack mit an!

Huch rutscht von der Reling.

- Welche würdest du an meiner Stelle nehmen?

Boni rafft ein paar Backschaufeln zusammen, läuft zum

Ofen zurück.

- Das ist doch egal. Nimm einfach den Rest!

Huch betrachtet die Schaufeln.

- Ich weiß nicht, welche der Rest ist.

Lattenhauer tritt an den Bootssteg.

- Lass alle liegen!

Er geht auf Boni zu, nimmt ihm eine Backschaufel ab.

- Wir haben schon genug.

Huch kommt auf leisen Sohlen über den Steg.

- Ihr seid fleißig.

Liliana wendet sich an Boni.

- Eignet sich die Schaufel?

Er holt ein Brot raus.

- Ja, das ist kein Spielzeug. Ich komme mir wie ein richtiger Bäcker vor.

Edda wirft Liliana einen Blick zu.

- Hast du Butter auf der Yacht?

Liliana dreht den Oberkörper.

- Ja, im mohnroten Kühlschrank.

Lattenhauer horcht auf.

- Ich habe noch nie einen mohnroten Kühlschrank gesehen.

Sie sagt augenzwinkernd.

- Ja, dann steigst du eben in die Yacht und schaust ihn dir an.

Daria stellt ihre Tomatendose auf den Steintisch.

- Und wer nimmt das Brot aus dem Ofen?

Boni schaufelt eins ums andre heraus, legt sie um die Dose herum zum Kühlen aus.

- Ich! Das ist doch klar. Es macht mir Spaß.

Edda läuft zum Steg.

- Du hast doch nichts dagegen, wenn ich mir etwas Butter hole?

Liliana schenkt ihr einen verstohlenen Blick aus den Augenwinkeln.

- Ganz im Gegenteil! Hol dir so viel Butter, als du tragen magst.

Darias Blick tastet die Yacht ab.

- Ich habe nur eine Tomatendose erhalten.

Liliana kreuzt die Beine.

- Ich habe auch einmal mit einer angefangen. Geh doch an Bord und sieh dich um.

Entschlossen geht Daria über den Steg.

- Nichts kann mich daran hindern.

Boni zieht das letzte Brot heraus.

- Daria hat sich verändert. Vorher war sie ganz zufrieden mit einer Dose.

Liliana zuckt nur mit den Schultern.

- Sie braucht mehr Dosen. Sprich mit ihr.

Er folgt Daria auf die Yacht.

- Aus meiner Sicht ist die Dose, die ich dir gebracht habe, eine der besten der Welt.

Liliana stupst Huch sanft an.

- Aus irgendeinem Grund zieht es sie auf meine Yacht.

Er hebt die offenen Hände auf Brusthöhe.

- An Bord der Yacht sieht alles hell aus.

Das Mädchen mit rotem Hut

Um eine Spitzkehre führt der Weg bergan. Mit Zickzackkurven schlängelt er sich auf die Höhe. Die umliegenden Waldberge verlieren sich im Dunst des Horizonts. Eine Föhre klammert sich auf dem felsigen Bergrücken fest. Huchs Blick wandert langsam suchend herum. Ein Schloss steht auf dem Berg.
Eine Frau kommt herab, hält im Gehen ein.

- Hallo, ich bin Tabea Machado.

Sie trägt ein langes Kleid und einen Hutkoffer.
- Ich erinnere mich, dich irgendwo gesehen zu haben.
Er schiebt den Strohhut mit einer trägen Bewegung in den Nacken.
- Warum?
Tabea spitzt kurz die Lippen.
- Dein Hut fällt auf.
Sie öffnet den Hutkoffer.
- Mit einem sonnengelben Hut würdest du gleich ganz anders aussehen.
Ein Mann kommt wieselflink auf die Höhe.

- Hallo, ich bin Fritz Niemann.

Er trägt eine Sennenmütze.

111

- Gib mir bitte den sonnengelben Hut!

Tabea nimmt den Hut aus dem Koffer.

- Und was fangen wir mit deiner Mütze an?

In Niemanns Stimme liegt ein leichtes Vibrieren, das auf ziemliche Aufregung deutet.

- Du bist sehr neugierig.

Ein Zucken läuft über ihr Gesicht.

- Ich hoffe aufrichtig, dass es dich nicht stört.

Er behilft sich mit Ohrstöpseln.

- Ich höre gar nicht mehr hin.

Tabea wendet sich an Huch.

- Er will nicht mehr mit mir reden.

Huch faltet die Stirn.

- Ich weiß nicht, was du noch für ihn tun kannst.

Eine Frau schlurft über die Höhe.

- Hallo, ich bin Alena Kuna.

Ihre Lippen sind farngrün geschminkt. Sie trägt einen Korb mit einer Teekanne und einer Tasse.

- Möchtest du Tee trinken?

Niemann zieht den Stöpsel aus dem Ohr.

- Was hast du gesagt?

Sie stellt den Korb auf die Föhrenwurzel.

- Hättest du gern etwas Tee?

Er rudert mit den Armen.

- Muss ich gerade jetzt trinken?

Alena legt gelassen die Hände übereinander.

- Du kannst trinken, wann immer es dir passt.

Niemann betrachtet die Tasse im Korb.

- Soll ich sie in die linke oder in die rechte Hand nehmen?

Sie beugt sich vor.

- Nimm sie in beide Hände.

Er ergreift eine Tasse.

- Das ist freundlich.

Alena gießt Tee ein.

- Darf ich dir die Mütze abnehmen?

Niemann trinkt einen Schluck, stellt die Teetasse neben den Korb auf die Föhrenwurzel.

- Ich bin stark genug, das selber zu tun.

Er zieht die Mütze ab.

- Schon geschehen!

Tabea reicht ihm den sonnengelben Hut.

- Warum hast du so große Ohren?

Niemann legt die Mütze neben die Tasse.

- Interessierst du dich für meine Ohren?

Sie schaut ihm abwechselnd tief in die Augen.

- Ja sicher. Ein gewöhnliches Haus ist zu klein für dich. Möchtest du in meinem Schloss wohnen?

Seine Knie werden weich.

- Da kann ich nur ja sagen.

Aus dem sonnengelben Hut wachsen Flügel. Er fliegt zum Schloss.

Niemann läuft hinterher.

- Halt! Ich möchte nicht ohne Hut das Schloss betreten.

Alena streicht sich eine Locke aus der Stirn.

- Hoffen wir, dass er ihn kriegt.

Tabea schaut Huch an.

- Genießt du den Aufenthalt auf der Höhe?

Sein Arm weist weit voraus.

- Ich halte mich nicht auf, ich gehe weiter.

Alena sticht mit dem Finger in die Luft.

- Wir haben ein Bild auf dem Schloss.

Tabea fasst seine Hand.

- Das musst du dir unbedingt ansehen. Es hat den Titel „Das Mädchen mit rotem Hut".

Alena schenkt ihm einen blitzenden Augenaufschlag.

- Das Bild ist von Jan Vermeer.

Huch sieht sie erstaunt an.

- Das Original?

Tabea lacht hell auf.

- Wir haben das Bild farbecht gedruckt.

Er biegt die Finger ein.

- Das würde ich gern sehen.

Sie begleiten ihn zum Schloss. Fahles gelbes Gras wächst neben dem Eingang in den Park. Ein hohes Gitter verwehrt das Eingangstor.

Alena zieht die Augenbrauen hoch.

- Du solltest einen Anzug tragen. Das Schloss hat Jahrhunderte überdauert. Und weißt du warum?

Huch hält den Kopf schräg.

- Erklär es mir.

Tabea entblößt beim Lächeln die obere Zahnreihe.

- Die Leute, die es betreten haben, waren stets gut angezogen.

Ein Mann läuft den Bergweg hinauf.

- Hallo, ich bin Bennet Warstein.

Er trägt eine Ledertasche, drückt den Rücken ins Hohlkreuz.

- Ich habe Freunde und bin glücklich, ist auf sein hellblaues T-Shirt gedruckt.
Alena verzieht die Lippen zu einem Lächeln.
- Freunde sind wunderbar.
Warstein bekommt leuchtende Augen.
- Darf ich euer Freund sein?
Tabea schiebt die rechte Schulter vor.
- Ja sicher.
Er neigt den Kopf leicht zur Seite.
- Kann ich etwas für euch tun?
Tabea wiegt sich in den Hüften.
- Mach das Gitter auf.
Warstein klaubt ein paar wolkenweiße Handschuhe aus der Ledertasche, guckt Huch an.
- Was sagst du voraus? Gelingt es mir?
Huch legt die Arme auf den Rücken.
- Ja.
Warstein hält ihm die Handschuhe hin.
- Ich sehe, du verstehst etwas von Gittern. Pack es an!
Eine Frau schlendert den Bergweg hoch.

- Hallo, ich bin Evelin Rosati.

Sie hat helle Augen und dunkle Haare.
- Darf ich die Handschuhe anprobieren?
Warstein nickt höflich.
- Zieh sie an.
Evelin streift sie über, tippt einen Gitterstab an.
- Er fühlt sich wie eine Stahlsaite an.
Tabea räkelt sich.

- Das spürst du durch die Handschuhe?

Evelin zupft am Stab, lässt ihn schwingen.

- Der Sound gefällt mir, hat etwas von einer Elektrogitarre.

Sie zieht am Stab, spannt ihn wie die Sehne eines Pfeilbogens.

- Ich bin entzückt. Ich gäbe viel für einen Pfeil.

Alena bricht den benachbarten Stab aus dem Gitter.

- Sei locker beim Zielen.

Evelin legt den Stab wie einen Pfeil an die Sehne, schießt ihn ab.

- Hier ist mein erster Schuss.

Der Gitterstab fliegt durch den Park zum Schloss, trifft eine Fensterscheibe. Das Glas zersplittert.

Ein Lächeln huscht über Warsteins Gesicht.

- Ich bin stolz auf dich.

Tabea dreht sich nach Alena um.

- Mach weiter.

Alena bricht 6 Stäbe aus, bündelt sie.

- Vielleicht kommen wir schon durch.

Warstein schiebt sich durch die Lücke im Gitter, tritt in den Park.

- Ich sehe einen Springbrunnen.

Er öffnet die Ledertasche, nimmt ein rundes Serviertablett und Gläser heraus.

- Wem darf ich eine Erfrischung anbieten?

Ohne die Antwort abzuwarten, läuft er zum Springbrunnen, füllt die Gläser an der Fontäne.

- Ihr seid meine Gäste.

Tabea dringt durch die Lücke, richtet die Augen auf Huch.

- Du hast ein schönes T-Shirt. Kommst du?

Er folgt ihr in den Park.

- Das ist ein besonderer Springbrunnen. Er hat eine Stimme.

Evelin hat ein unvergleichliches Staunen im Gesicht.

- Das ist nicht die Stimme des Springbrunnens.

Ein Bär liegt auf dem Rücken im Becken, lässt das Wasser auf seinen Bauch plätschern und singt.

Eine junge Frau klettert aus dem zerbrochenen Fenster. Ihr erdbeerroter Hut leuchtet, kontrastiert die dunkelblaue Kleidung. Der Perlohrring glänzt.

- Hallo, ich bin das Mädchen mit dem roten Hut. Ihr habt die Scheibe ruiniert.

Warsteins Augen beginnen zu strahlen.

- Wie wäre es mit einem Glas Wasser?

Scheu schaut sie unter dem Hut hervor.

- Ich hätte gern Kaffee mit Zucker und Rahm.

Das Erntelied

Der Rhythmus der Wellen stampft, bäumt sich auf, rollt und gleitet. Das Wasser ist glasklar. Huch schaut auf den See hinaus, betrachtet die Wolken, spürt die Wärme der Sonne auf der Haut. Sein Blick schweift über die buchengrüne Bucht zu einem Haus mit vielen Stockwerken, Zwischengeschoßen, Treppenhäusern und Eingängen. Am Abschluss eines mächtigen Gewölbes steht in kanariengelben und türkisfarbenen Buchstaben „Hotel Paradies".
Eine Frau läuft über den weichen Sand.

- Hallo, ich bin Jara Bird.

Sie hat eidechsengrüne Haare und ein leichtes schwanen-weißes Kleid.
- Ich hätte gern einen Hut.
Huch schiebt die Schulter ein bisschen nach hinten.
- Wie soll die Farbe sein? Hell oder dunkel?
Jara zieht die Braue nach oben.
- Der Hut soll genau wie deiner aussehen. Ich möchte die gleiche Farbe und Größe.
Er senkt die Augen.
- Willst du meinen Hut haben?
Sie weicht zurück.
- Sicher nicht! Dein Hut ist gebraucht, und ich hätte gern

einen neuen. Das Stroh muss riechen, wie frisch vom Feld gepflückt.

Ein Mann läuft über den weiten Sandstrand.

- Hallo, ich bin Nikolas Walker.

Er trägt eine Brille mit breitem Goldrand und eine Einkaufstüte aus Packpapier.

- Jeder hat seinen eigenen Geschmack, aber ich habe den genau gleichen Hut in der Tüte.

Jara spitzt die Lippen.

- Ist er neu?

Walker stellt die Einkaufstüte ab, nimmt ihn heraus.

- So neu wie dieser Hut kann gar nichts sein.

Sie streckt die Hand aus.

- Darf ich ihn haben?

Er streicht über die Krempe.

- Das ist das erste Mal, dass ich einen Hut verschenke.

Jara setzt ihn auf.

- Danke. Wie steht er mir?

Walker lässt die Arme lose baumeln.

- Ich verstehe nicht sehr viel von Hüten. Frag doch deinen Freund!

Sie wendet sich an Huch.

- Kann ich mich so zeigen?

Er geht um sie herum.

- Du siehst gut aus mit dem Hut.

Walkers Stimme klingt ein wenig entrüstet.

- Das ist gewaltig untertrieben. Du siehst wie eine Prinzessin aus.

120

Jara kringelt sich vor Lachen.

- Hey, das ist ein gewöhnlicher Strohhut, keine Krone! Du übertreibst.

Er streift mit dem Zeigefinger über den Nasenflügel.

- Ganz im Gegenteil, ich weiß genau, wovon ich rede. Reck den Rücken gerade und gehe wie eine Prinzessin ins Hotel Paradies.

Sie streicht sich das Kleid zurecht.

- Und dann?

Walker schnipst mit dem Finger.

- Dann finden die Leute heraus, dass du eine Prinzessin bist.

Jara klopft auf den Schenkel.

- Ich habe gehört, es sei schön im Hotel Paradies.

Er schlendert voran.

- Schön ist es überall. Aber dort wartet man auf dich.

Sie tänzelt über den Sand.

- Was? Man erwartet mich?

 Sie steuert den Blick zu Huch.

- Was sagst du dazu?

Walker läuft mit ausgestreckten Armen im Kreis herum.

- Er sagt das Gleiche. Was denn sonst?

Jara bleibt stehen.

- Ich habe nicht dich gefragt.

Sie sieht Huch an.

- Wir sollten darüber reden. Ich bin mir nicht wirklich sicher. Soll ich hingehen?

Eine Frau durchquert die Bucht.

- Hallo, ich bin Marlena Strömling.

Sie trägt ein Seidentop.
- Was für ein schöner Hut, herzlichen Glückwunsch!
Jara genießt das Kompliment.
- Danke.
Sie fügt im gleichen Atemzug hinzu.
- Was hältst du vom Hotel Paradies?
Marlena legt die Hände vor dem Herzen zusammen.
- Das ist ein großes Hotel.
Jara schiebt den kleinen Finger zwischen die Lippen.
- Und? Gefällt es dir?
Marlena spricht mit leuchtenden Augen.
- Sie haben auf der Terrasse eine Jukebox von Wurlitzer.
Ein Mann läuft pfeifend den Strand entlang.

- Hallo, ich bin Sam Bozo.

Er trägt Turnschuhe.
- Entschuldigt bitte, darf ich euch unterbrechen?
Jara reckt das Kinn vor.
- Was willst du?
Bozo klappt die Lider hoch.
- Es geht um die Einkaufstüte. Sie sieht ziemlich verlassen
aus.
Walker zieht die Unterlippe ein.
- Sie gehört mir.
Bozo senkt den Blick.
- Ich habe leider keine.
Walker hebt sie auf, überreicht sie mit beiden Händen und
einer Verbeugung.

- Du kannst sie gern haben. Wozu brauchst du sie?

Bozo wippt mit dem rechten Fuß.

- Ich möchte Musiknoten darauf schreiben.

Walker legt die Hand auf seinen Oberarm.

- Noten sind etwas Besonderes. Kann ich mich beteiligen?

Bozo streckt den Daumen nach oben.

- Wir malen Striche und Kreise.

Walker schaut großäugig.

- Striche und Kreise?

Bozo steht von einem Bein aufs andere.

- Zu Hause habe ich einen Bleistift. Komm mit! Ich zeige es dir gerne.

Walker verlässt mit Bozo die Bucht.

- Das ist genau das, was ich schon immer wollte.

Marlena wackelt mit den Hüften.

- Wir stehen einfach nur da. Dabei wartet das Hotel Paradies auf uns.

Jara lehnt sich Huch entgegen.

- Es wartet auch auf dich.

Er flaniert das Ufer entlang.

- Danke, dass du mich daran erinnerst.

Am Ende der Bucht führen Steintreppen bis ans Wasser. Oben auf der Böschung steht das Hotel Paradies. Auf der großen Terrasse leuchtet die Wurlitzer-Jukebox.

Marlena breitet die Arme aus.

- Es könnten einige Platten in der Box sein.

Jara wuselt über die Treppenstufen.

- Hast du schon mal das Erntelied gehört?

Marlena beugt sich über die Jukebox.

- Ein Erntelied kann ich im Moment nicht finden.

Jara dreht sich um, schaut Huch an.

- Wenn ich dieses Lied höre, denke ich an die Stadt, wo ich aufgewachsen bin.

Marlena drückt die Nase am Fenster des Musikautomaten platt.

- Der Titel klingt sehr interessant. Von wem ist der Song?

Jara eilt in kleinen Trippelschritten hin und her.

- Nach allem, was ich gehört habe, ist er von Franz Schubert.

Marlena verzieht das Gesicht.

- Wenn ich nur wüsste, welche Nummer und welcher Buchstabe der Song hat!

Eine Frau schlendert über die Terrasse.

- Hallo, ich bin Alice Hopp.

Sie trägt eine pinkfarbene Brille.

- Hoffentlich stört euch meine Brille nicht. Ich nehme sie nur zum Duschen und Weinen ab.

Jaras Augendeckel klappen auf und zu, aber ihr Blick dahinter bleibt fest.

- Nein, die Brille ist Ordnung. Vielleicht siehst du damit mehr als wir.

Alice wippt in den Knien.

- Das tu ich. Hinter dem Hotel mündet ein Fluss in den See. In die Sandbank bei der Rietinsel hat jemand eine Nummer und einen Buchstaben geritzt.

Marlena dreht den Oberkörper.

- Bitte zeige uns die Sandbank.

Ein kurzer Fußweg führt sie zu einem breiten Wasserlauf,

der die Rietinsel vom Ufer trennt.

Alice kehrt den Handteller auf Höhe der Brust nach oben.

- Seit ich das letzte Mal hier war, hat sich alles verändert. Was machen wir jetzt?

Jara legt den Kopf schief.

- Ich denke, wir geben auf.

Marlena greift nach Huchs Arm.

- Kannst du ein Boot für uns organisieren?

Er neigt den Kopf zurück.

- Ein kleines oder ein großes? In welchem fährst du am liebsten?

Ein Mann stakst einen Weidling durchs Schilf.

- Hallo, ich bin Christian Farhang.

Seine Hose ist mit Musiknoten bedruckt.

- Wisst ihr, welcher Song auf meinen Hosen ist?

Jaras Blick wandert über seine Beine.

- Nein, das kann ich nicht lesen.

Farhang lenkt den Weidling ans Ufer.

- Ich komme näher.

Marlenas Augen leuchten.

- Ist es das Erntelied von Franz Schubert?

Er legt an.

- Ich weiß, dass es seltsam klingt, aber das ist das einzige Lied, das ich singen kann.

Alice ruckelt an der Brille.

- Fang an!

Farhang neigt den Kopf leicht gegen die linke hochgezogene Schulter.

- Aber wem soll ich es vorsingen? Euch allen?

Jara streckt die Arme in die Luft.

- Ja, wir möchten es hören.

Mit dem Pfeil dem Bogen

Eine steile, in den Fels gehauene Treppe führt vom Berg in ein enges buchengrünes Tal hinunter. Im Schatten eines Baumes sieht Huch einen purpurroten Lampion leuchten. Eine Frau streift durchs Unterholz.

- Hallo, ich bin Xenia Maritta.

Sie hat eine verwuschelte Frisur.
- Ich glaube, es ist Zeit für mich, eine Cola zu trinken.
Ein Mann stakst lässig heran.

- Hallo, ich bin Matti Fon.

Er trägt eine randlose Brille und einen Rucksack.
- Ich besitze keine Cola, weiß aber, wo ein Automat ist.
Xenia verschränkt die Arme vor dem schmalen Körper.
- Du bist mein Freund.
Fon klettert die steile Felswand hinauf, dringt in eine Höhle.
Gleich hinter dem Eingang sind Holzklötze zu einer Pyramide gestapelt.
Er kehrt um, ruft hinunter.
- Wie kann ich das Problem lösen?
Xenia winkt Huch kumpelhaft zu.
- Hilf ihm.

Er lenkt den Blick an ihr vorbei zur Felswand.

- Entschuldigung, was ist das Problem?

Fon hat die Kiefer fest aufeinander gebissen.

- Ich sehe hier Holzklötze.

Eine Frau läuft die Steintreppe hinunter.

- Hallo, ich bin Heidi Harms.

Sie trägt einen maisgelben Hosenanzug.

- Ich bin eine sehr gute Bergsteigerin.

Fon krallt die Hände über die Knie.

- Ich weiß nicht, was ich tun soll.

Ein Leuchten fliegt in ihr Gesicht.

- Willst du mich küssen?

Er presst die Lippen zusammen.

- Nein, ich versuche, einen Automaten zu finden.

Heidi steigt schnell wie eine Gämse die Felswand hinauf.

- Wie groß ist er?

Fon tippt mit dem Zeigefinger in der Luft herum.

- Ungefähr so groß wie eine Bassgeige.

Sie geht in die Höhle.

- Wenn du nichts dagegen hast, räume ich die Holzklötze weg.

Er schaut ihr über die Schulter.

- Würdest du das wirklich für mich tun?

Heidi kickt gegen die Pyramide.

- Das ist für mich wie Fußballspielen.

Die Klötze purzeln durcheinander, und der Automat kommt zum Vorschein.

Fon dreht sich im Kreis.

- Wir haben gewonnen.

Ihre Finger tanzen über die Wahltasten.

- Was wollen wir trinken?

Er lehnt an den Automaten.

- Ist es möglich, eine Dose Cola zu bekommen?

Heidi späht durch die Scheibe.

- Ja, sie ist in der zweiten Reihe.

Sie drückt die Taste, wirft eine Münze ein.

- Die Lampe blinkt. Der Automat hat uns verstanden.

Ein Schatten schwirrt an Fons Kopf vorbei.

- Ist das eine Fledermaus?

Heidi nimmt die Dose aus dem Schacht.

- Ja. Ich finde, Fledermaus ist ein schöner Name.

Er öffnet den Rucksack.

- Ich frage mich, wie viele Dosen darin Platz haben.

Sie legt sie hinein.

- Eine.

Fon schließt den Rucksack, schultert ihn.

- Ich bin sehr zufrieden mit dir.

Heidi verlässt die Höhle.

- Du hast eben Vertrauen.

Er steigt hinter ihr die Felswand herab.

- Die Holzklötze, die du weggekickt hast, waren bestimmt hart.

Sie zuckt nur kurz mit den Augenlidern.

- Wo denkst du hin! Sie waren ja nicht aus Metall.

Xenia empfängt sie mit einem ernsten, ein wenig sorgenvollen Blick.

- Hoffentlich habt ihr euch nicht überanstrengt.

Fon hüpft auf der Stelle.

129

- Nein, durchaus nicht. Mit Heidi ist man immer auf Platz 1.
Eine Frau und ein Mann kommen aus dem Wald, bringen
ein Siegertreppchen.
Der Mann trägt einen marineblauen Cordanzug.

- Hallo, ich bin Ilias Balz.

Die Frau hat kurzes, hellbraunes Haar.

- Hallo, ich bin Lidya Worch.

Balz legt die Hand auf die oberste Stufe des
Siegertreppchens.
- Findet ihr beide Platz?
Heidi springt hinauf.
- Wenn ich gewinne, habe ich Herzklopfen.
Fon klettert neben ihr aufs Podest.
- Wollen wir näher zusammenrücken?
Sie schmiegt sich an ihn.
- Ja sicher. Dieser Sieg geht mir sehr nahe.
Xenia befeuchtet mit der Zunge die Unterlippe.
- Habt ihr die Cola?
Er steigt zu ihr hinunter, klaubt die Dose aus dem Rucksack.
- Wir haben uns beeilt.
Xenia reicht sie Huch weiter.
- Kannst du sie aufmachen?
Er wendet sich an Heidi und Fon.
- Vielen Dank euch beiden. Leute, die Cola holen,
verdienen einen Applaus.
Balz nimmt ihm die Dose aus der Hand.

- Darf ich sie dir abnehmen, dass du klatschen kannst?

Huch zieht die Schultern hoch.

- Was soll ich dazu sagen?

Lydia schnappt Balz die Dose weg.

- Du musst keine Antwort geben, wenn du nicht magst.

Sie öffnet den Verschluss.

- Die Dose ist offen.

Xenia läuft zu ihr, trinkt einen Schluck.

- Ich möchte heiraten.

Fon schickt ihr ein Lächeln zu.

- Wen denn?

Sie dreht sich nach ihm um.

- Dich.

Er stampft vor Freude mit den Füßen.

- Wir sind bestimmt ein Traumpaar. Zumindest sollten wir es versuchen.

Heidi springt lässig vom Podest.

- Ich bin stolz auf euch.

Balz blickt durch die Bäume.

- Wo möchtet ihr heiraten?

Xenia zuckt bloß mit den Schultern.

- Ich stelle mir die Hochzeit in einem Haus vor.

Fon sagt mit erhobenem Kopf.

- Es muss schön wie eine Kirche sein.

Heidi richtet den Blick kühl in die Ferne.

- Da vorn sehe ich eine Straße.

Sie schlingt die Arme um Huchs Hals.

- Wir sind so ein tolles Team und gehen dorthin. Was sagst du dazu?

Die Schatten vieler kleiner Blätter tanzen auf seinem

Gesicht. Der Duft von Thymian und Lavendel liegt in der Luft.

Huch verschwindet in einer Wolke von Blütenstaub.

- Danke, dass du den Vorschlag machst.

Balz streichelt ihm über den Rücken.

- Kennst du die buddhistische Karma-Idee?

Huch klopft sich den Staub von den Kleidern.

- Ich habe nur eine eigene Vorstellung davon und weiß nicht, was das eigentlich ist.

Lidya bindet ihm ein Glücksbändchen ums Handgelenk.

- Du musst nur geduldig sein und eine positive Einstellung haben.

Am Ende einer langen, mit Kopfstein gepflasterten Straße steht ein Gartentisch vor einem einstöckige Haus mit umlaufendem Holzbalkon. Ein schwerer Samtvorhang hängt vor der Tür. Die Wände sind mit milchweißen Plastikplanen verhüllt.

Xenia schlägt den Vorhang zurück.

- Wenn hier niemand ist, gehen wir einfach rein.

Ein Mann ruft mit glockenheller Stimme.

                              - Hallo, ich bin Richard Mundy.

Er kommt heraus, trägt knallgrüne Shorts.

- Was hättet ihr gerne?

Fon richtet die Fußspitzen leicht nach innen.

- Wir haben uns gut vorbereitet und möchten in deinem Haus heiraten.

Mundy zieht den Kopf ein.

- Habt ihr schon woanders gefragt?

Heidi schaut ihn mit unbefangener Direktheit an.

- Nein, du hast das erste Haus an der Straße. Gibt es bei dir auch etwas zu essen?

Er streckt erklärend die Hand vor.

- Ich habe gerade Nägel, Cornflakes und Waschpulver bekommen.

Balz umarmt ihn innig.

- Ich sehe, dein freundliches Haus hat für jedermann etwas.

Lidya blinzelt ihm mit den Augen zu.

- Du hast eine schöne Stimme. Singst du das Hochzeitslied?

Mundy bläst die Backen auf.

- Ich kann nur „Mit dem Pfeil, dem Bogen" singen.

Eine Frau läuft aus dem Schatten des Waldes.

- Hallo, ich bin Kate Murr.

Sie ist in schimmerndes Schwarz gekleidet, bringt einen Bogen und einen Pfeil.

- Warum sehe ich kein Ziel?

Xenia stellt die leere Coladose auf den Gartentisch.

- Der einzige Grund, warum viele meinen, sie würden kein Ziel haben, besteht darin, dass ihnen eine Dose fehlt.

Kate gibt Huch den Bogen.

- Dein Ziel ist bereit. Ich finde, du solltest es treffen.

Huch nimmt einen tiefen Atemzug.

- Es sind viele Menschen da. Warum hast du mich ausgewählt?

Sie reicht ihm den Pfeil.

- Du hast ein Glücksbändchen.

Das perfekte Versteck

Der Weg führt einen Hang hinauf, über Felsen und Baumstämme, durch einen wilden Bachlauf. An einer steinigen, schattigen Stelle krabbelt ein pfefferschwarzer Käfer über einen flechtenbewachsenen Stein. Eichen wachsen dicht. Darunter steht ein dunkler Tisch und eine schwere Holzbank. Ein blinkender Ball rollt den Hang herab. Huch fängt ihn.
Eine Frau schreitet durch den Wald.

- Hallo, ich bin Medina Renk.

Sie hat helle Augen.
- Möchtest du Baseballspieler werden?
Huch wechselt vom Stand- aufs Spielbein.
- Würdest du mir diese Frage auch stellen, wenn ich keinen Ball gefangen hätte?
Medina legt die Hand auf seine Schulter.
- Ja, ich stelle sie immer.
Ein Mann streift durch die Eichen.

- Hallo, ich bin Marc Morak.

Er trägt einen saturngelben Anzug.
- Ich möchte gern Baseballspieler werden.
Huch zieht beide Augenbrauen nach oben.

- Willst du den Ball?

Morak reckt den rechten Arm empor.

- Ja, schick ihn.

Huch wirft ihm den Ball zu.

- Er fliegt schneller als ein Papierflugzeug.

Morak fängt ihn.

- Das ist der seltsamste Ball, den ich je gesehen habe.

Medina reckt das Kinn.

- Gefällt er dir?

Er dreht und wendet ihn.

- Ich finde einen Ball, der blinkt, komisch.

Sie setzt eine heitere Miene auf.

- Vielleicht kannst du das Blinken ausschalten.

Morak klappt die Augen auf.

- Da hat es tatsächlich einen neonblauen Knopf. Ich weiß nicht, was passiert, wenn ich darauf drücke.

Medina zieht die Lippen ein.

- Du musst allen Mut zusammennehmen und ihn aufs Geratewohl bedienen.

Um seinen Mund deutet sich ein kleines Lächeln an.

- Ich denke, der Knopf ist offensichtlich dazu da.

Sie holt tief Luft.

- Das macht mich neugierig.

Morak tippt den Knopf kurz an.

- Es ist nur ein kleines Ding. Machen wir keinen Aufwand.

Ein karibikblaues Delfinweibchen in einem chiliroten Minikleid rast auf Rollschuhen durch den Wald, kreist um Huch.

- Hallo, ich bin Noemi Melville.

Ihre Schwanzflosse hat sich in Beine und Füße verwandelt.
- Ich bin nur ein Delfinweibchen, und viele stört es, dass ich Beine und Füße habe, ein kurzes Kleid trage und Rollschuh fahre.
Sie legt den Kopf auf seine Schulter.
- Hast du den Knopf gedrückt?
Huch schlägt die Lider nieder.
- Nein. Aber darf ich dir etwas sagen?
Noemi schmunzelt pfiffig.
- Ja, ich finde es erfreulich, wenn man mit mir redet.
Er lehnt zurück.
- Das rote Kleid passt zu dir.
Sie wirbelt auf dem Stopper eines Rollschuhs herum.
- Danke für das Kompliment! Wer ist die Person, die den Knopf gedrückt hat?
Morak hebt leicht die Nase.
- Ich! War das erlaubt?
Noemi gluckst belustigt.
- Sogar erwünscht.
Sie setzt ein strahlendes Lächeln auf.
- Ich habe mich auf den ersten Blick in euch verliebt.
Sein Rückgrat versteift sich.
- Was? In uns alle?
Noemi bestätigt.
- Ja, in alle insgesamt und in jeden einzeln auch.
Medina schiebt die Oberlippe leicht vor.
- Und was können wir für dich tun?
In Noemis Augen blitzt es.
- Folgt mir! Das genügt.

Morak wiegt den Körper hin und her.

- Ich muss nirgendwo hingehen, wenn ich keine Lust habe.

Ihr Kleid rutscht ein wenig hoch.

- Ja, das ist deine Freiheit. Wer Lust hat, kommt mit. Ich führe euch zu einem Schloss.

Seine Arme wippen.

- Ist das ein Scherz?

Noemi dreht sich im Kreis.

- Nein, ich meine es ernst. Dort herrscht eine geheimnisvolle Stimmung, und es hat Diamanten.

Sie rollt die Waldstraße hinunter. Nebel steigt auf.

- Kommt schon!

Die Umrisse der Bäume zeichnen sich so vage ab, als wären sie bereit, sich komplett in Luft aufzulösen.

Medina kneift die Augen zusammen.

- Noemi muss verrückt sein, so schnell durch den Nebel zu sausen.

Morak rümpft die Nase.

- Wir sollten umkehren.

Medina geht ruhig weiter.

- Willst du wissen, warum ich ihr folge?

Er stößt einen Seufzer aus.

- Ja, das musst du mir unbedingt sagen.

Ein Lächeln stiehlt sich in ihr Gesicht.

- Vielleicht gefällt mir ihre fröhliche Stimme.

Huch lauscht aufmerksam in den Wald hinein.

- Ich höre sie rufen.

Bei einer schief getretenen Steintreppe löst sich der Nebel auf. Noemi sitzt auf der untersten Stufe, zieht die Rollschuhe aus.

- Das Schloss wurde vor mehr als 400 Jahren erbaut.

Medina hebt das Kinn.

- Wohin gehen wir jetzt?

Noemis Zeigefinger weist in die Luft.

- Wir steigen die Treppe hinauf.

Mit hüpfenden Schritten trippelt sie voran.

- Wenn ihr mich liebt, müsst ihr auch diese Stufen lieben.

Achtsam geht sie an einer dösenden Katze vorbei.

- Zum Glück habe ich sie nicht geweckt.

Nowak stolpert die Treppe hinauf.

- Du bist sehr freundlich zu den Tieren.

Noemi strahlt ihn an.

- Bist du zufrieden mit mir?

In seiner Antwort schwingt ein belustigter Unterton mit.

- In jeder Sekunde.

Sie mahnt.

- Du musst vorsichtig sein, sonst erschreckst du die Katze.

Medina spreizt die Arme ab.

- Ich kann es kaum erwarten, die Diamanten zu sehen.

Noemi lächelt scheu.

- Vielleicht werden wir sie finden.

Die Treppe führt zu einer schroffen Felswand, an welcher das Schloss klebt. Im Innenhof schlägt ein Pfau das Rad.

Noemi trippelt um ihn herum.

- Er heißt uns willkommen.

Medina wird unsicher und schüttelt mit gerunzelter Stirn kaum merklich den Kopf.

- Magst du den Pfau?

Huch schaut interessiert hin.

- Ja, das ist ein intelligenter Vogel.

139

Morak bleibt stehen.

- Er macht mir keine Angst.

Noemi flitzt durch den Hof.

- Du brauchst dich auch nicht zu fürchten.

Ein großer Strauß reckt den Hals.

Medina bewegt sich zeitlupenhaft langsam an ihm vorbei.

- Möchte er, dass wir ein Foto von ihm machen?

Morak zieht die Schulter hoch.

- Vielleicht fragt er sich, was wir hier zu suchen haben.

Sie schickt ein Zucken durch die Augen.

- Ich kann ihm die Antwort sekundenschnell geben: Diamanten!

Noemi öffnet ein dunkles Portal.

- Wer ist größer? Du oder der Strauß?

Medina huscht in den Saal.

- Du erwartest doch nicht, dass ich mich neben ihn stelle, oder?

Schwere Vorhänge schließen das Tageslicht aus.

Morak legt sich auf einen weichen Diwan.

- Ich bin müde vom Aufstieg.

Medina wirft sich in ein Himmelbett mit riesigen Decken und Kissen.

- Du bist nicht der Einzige, der erschöpft ist.

Ein buntes Muster überzieht einen üppig gepolsterten Sessel.

Noemi rückt ihn zu Huch.

- Möchtest du dich setzen und auszuruhen?

Sein Blick wandert hin und her.

- Gibt es noch etwas Anderes zu sehen?

Sie lässt sich auf einen Heuballen aus Plastiktrinkhalmen

fallen.

- Das fühlt sich kribbelig an, musst du unbedingt ausprobieren.

Der Ballen bricht auseinander. Ein rubinroter und ein smaragdgrüner Diamant funkeln.

Medina stürzt sich aus dem Bett.

- Ich finde den roten interessanter als den grünen.

Sie schnappt ihn, rennt weg.

Morak erbeutet den smaragdgrünen Diamanten.

- Der rote ist vielleicht hübsch, aber ich mag ihn nicht.

Er entfernt sich schnell.

Noemi schmiegt die Flosse um Huchs Hüfte.

- Das trifft sich gut. Ich möchte dir etwas sagen, ohne dass die anderen es hören.

Wie klingt Wasser

Die Wolken spiegeln sich im Wasser. Auf der anderen Seeseite hebt sich langsam eine kleine Dunstwolke. Huch findet im Sand eine große Spur, die sich nicht fortspülen lässt. Sie führt zu einer kleinen Zierpalme.
Eine Frau winkt schon von weitem zur Begrüßung.

- Hallo, ich bin Tamara Mori.

Sie trägt ein silbernes Kettchen am Handgelenk.
- Diese Zierpalme ist sehr friedlich. Jeder scheint glücklich zu sein, wenn er sie sieht. Wie erlebst du das?
Huch lässt die Arme seitlich hängen.
- Ich muss noch einiges über Zierpflanzen lernen.
Sie schubst ihn sanft an.
- Ich habe so viel darüber gelernt, dass ich mir schon überlegt habe, etwas richtig Großes zu studieren.
Er winkelt den Arm an.
- Was ist für dich richtig groß?
Tamara legt die Hand auf seine Schulter.
- Das lässt sich kaum mit Worten beschreiben. Aber ich kann es dir zeigen.
Sie spaziert mit ihm durch die Bucht. Der weiche Sand erschwert jeden Schritt.
- Was machst du am Strand?
Huch führt mit beiden Händen parallele Schlängelbewe-

gungen durch.

- Ich betrachte die Sonnenstrahlen, die auf den Wellen glitzern.

Tamaras Stimme klingt seltsam belustigt.

- Die Wellen und die Sonne sind schon recht. Aber jetzt, wo du am See bist, musst du das Getränkelager sehen.

Sie führt ihn zu einer alten Fabrikhalle aus Backsteinmauern und Stahlträgern. Übergroße Limonaden- und Colaflaschen stapeln sich in meterhohen Regalen.

- Ich würde gern in solchen Räumen wohnen. Wie siehst du das?

Er hebt den Blick.

- Es hat Platz und etwas zu trinken.

Tamara dreht eine Flasche.

- Mir gefallen vor allem die farbigen Etiketten. Dagegen nimmt sich unsere Haut fast etwas blass aus.

Sie schaut ihn unverwandt an.

- Zeig einmal deinen Arm!

Er lehnt lässig gegen ein Regal.

- Welchen möchtest du sehen, den linken oder den rechten?

Tamara kichert in sich hinein.

- Einfach einen.

Er streckt den linken Arm aus.

Sie hält ihren daneben.

- Wir haben nicht genau die gleiche Farbe.

Huch schiebt die Knie auseinander.

- Das stimmt. Womöglich hat jeder Mensch seine eigene Farbe.

Tamara stößt ihn mit dem Ellbogen an.

- Farbe ist eher übertrieben. Ich finde, uns beiden würden ein paar Farbtupfer gut anstehen.
Sie reckt das Kinn energisch.
- Hast du dich auch schon mal mit Körperfarben bemalt?
Er hebt die Mundwinkel kaum an.
- Meinst du für den Karneval?
Tamara hat den Anflug eines Lächelns.
- Eigentlich sollten wir nicht warten, bis Karneval ist.
Ein Mann kommt mit trippelndem Gang hinter einem Regal hervor.

- Hallo, ich bin Malik Manu.

Er trägt eine eckige Brille und eine Leinentasche.
- Braucht ihr Körperfarben?
Tamara klappert mit den Lidern.
- Zeig uns, was du hast.
Manu stellt die Tasche ab.
- Ich habe alle Farben des Regenbogens.
Sie verlagert ihr Gewicht von einem Fuß auf den andern.
- Sind die Farben in Dosen? Hast du Tuben oder Stifte?
Er öffnet die Tasche.
- Ihr findet sie in allen Formen. Pinsel stehen zur Auswahl. Es hat kleine und feine, um die Wimpern zu bemalen, und breite, um 3 Menschen mit einem Strich einzufärben.
Tamara dreht die Schultern hin und her.
- Das sind aberhundert Möglichkeiten! Was brauche ich? Was spricht mich an?
Eine Frau lugt um die Ecke.

- Hallo, ich bin Lou Sarac.

Ihre hellen Haare haben dunkle Strähnen. Sie trägt einen Cellokoffer.

- Wie heißt du?

Tamara kreuzt die Arme über der Brust.

- Ich bin Tamara Mori.

Lou stellt sich vor sie hin.

- Also Tamara, ich habe eine Idee.

Tamara blinzelt und lässt ihren Blick unruhig flackern.

- Mach den Koffer auf.

Lou fingert ehrfürchtig an den Riegeln herum.

- Es ist ein Cello darin.

Manu atmet vernehmbar aus.

- Darf ich versuchen, ihn zu öffnen?

Eine Haarsträhne verdeckt das linke Auge von Lou.

- Wir können es auch zusammen machen.

Er ist vor Aufregung gerötet.

- Es ist die Königin der Instrumente.

Tamara beugt sich über den Koffer.

- Was für eine Farbe hat dein Cello?

Lou nimmt es heraus.

- Es tut mir wirklich leid. Ich weiß nicht, wie sie heißt.

Manu hat eine hingerissene Miene.

- Sie heißt Winterweiß.

Tamara streckt die Hände aus.

- Ich beginne mich für das Cello zu interessieren.

Sie streicht mit dem Finger über die Schalllöcher, die sich rechts und links vom Steg befinden.

- Es hat beträchtliche „f".

Manu kramt in der Tasche.

- Wir haben eine gemeinsame Vorliebe für diese Schalllöcher.

Er klaubt eine Dose mit pechschwarzer Körperfarbe
hervor.

- Ich würde sie dir am liebsten auf den Rücken malen.

Tamara betrachtet die Verschlusskappe.

- Wie machst du sie auf?

Manu dreht die Kappe.

- Ich finde, es geht ganz einfach.

Sie spannt den Rücken.

- Kannst du richtige Cello-Schalllöcher malen?

Sein Lachen quillt tief aus dem Brustkorb empor.

- Ich komme sicher nah dran.

Tamara schließt die Augen.

- Ich fürchte, das genügt nicht.

Lou wendet das Gesicht Huch zu.

- Ich möchte gern mit dir reden.

Sie holt Luft.

- Du bist so ein stiller Mann.

Er fasst sich an den Kopf.

- Ich versuche mitzubekommen, wie wir uns unterhalten.

Lou dreht die Arme einwärts.

- Denkst du, du könntest Tamara Cello-Schalllöcher auf
den Rücken malen?

Huch lehnt zurück.

- Alles was man nicht ausprobiert, bleibt eine Fantasie.

Tamara zieht das T-Shirt aus.

- Dann male sie. Ich will sie von dir.

Manu reicht ihm die Farbe.

- Wir könnten ein Malerteam gründen.

Huch schielt mit den Augenwinkeln zur Tasche.

- Es ist gut, einen Pinsel und ein Becken zu haben, findest du nicht?

Manu bückt sich nach den Sachen.

- Es gefällt mir, wie direkt du es anpackst.

Huch gibt Farbe ins Becken, taucht den Pinsel ein.

- Das werde ich wahrscheinlich nur einmal tun.

Mit schnellen Strichen malt er die Schalllöcher auf Tamaras Rücken.

- Das sind einfach 2 Kurven. Ich hoffe, du wirst nicht enttäuscht sein.

Sie reibt Zeigefinger und Daumen aneinander.

- Nein, ich warte, dass du spielst.

Lou reicht ihm den Cellobogen.

- Du hast 2 Freundinnen, Tamara und mich.

Huch legt das Becken und den Pinsel ab.

- Kann ich eine kurze Frage stellen?

Tamara lehnt den linken Arm lässig an die Hüfte.

- Was möchtest du gern wissen?

Huch reckt den Kopf nach vorn.

- Soll ich mit dem Bogen über deinen Rücken streichen?

Sie setzt ein besonders freundliches Lächeln auf.

- Ja, zieh eine gerade Linie.

Vorsichtig führt er den Bogen über Tamaras Haut, hört ein Rauschen, das in den Klang einer Cellosaite übergeht.

Lou und Manu applaudieren herzlich.

Tamara berührt ihren Rücken mit dem Zeigefinger.

- Du musst an dieser Stelle absetzen, sonst wird der Ton zu lang.

Manu legt den Unterarm über die Stirn.

- Ich schlage vor, dass ihr genau hinhört.

Lou stülpt die Unterlippe nach vorn.

- Hörst du Tropfen?

Er wirft den Kopf auf.

- Ja.

Ein Mann eilt in großen Schritten durchs Getränkelager.

- Hallo, ich bin Marvin Zuck.

Er trägt einen Pullover und einen zerbeulten Becher.

- Suchst du die undichte Leitung?

Manu springt aufgekratzt hin und her.

- Ja genau! Wo ist sie?

Zuck führt ihn ums Gestell herum.

- Ich möchte sie dir zeigen.

Manu betrachtet die Formation von Leitungsrohren an der Decke und das Leck.

- Ich habe Leitungswasser lieber als Süßgetränke und Mineralwasser.

Zuck reicht ihm den zerbeulten Becher.

- Versuche die Tropfen zu fangen

Das gibt es sonst nur im Kino

Außer Sichtweite von Straßen wandert Huch durch ein bewaldetes Tal, hört das Krächzen der Raben oben am Himmel. Flechten überwachsen die Stämme. Im Unterholz springen kleine Meisen aus dem Nest. Ein Milan segelt durch die Luft. Vor einer Bergflanke thront eine verwitterte Burg. Ein Grünspecht schwirrt umher.
Am Bergweg tritt eine Frau aus einem überdimensionalen Vogelkäfig.

- Hallo, ich bin Annalena Tanner.

Sie trägt ein meerblaues Kleid und hat einen sonnenblumengelben Chip in der Hand.
- Was machst du?
Ein Lächeln legt sich auf Huchs Gesicht.
- Ich beobachte die Vögel.
Annalena macht eine große ausladende Handbewegung.
- Hast du den Specht erkannt?
Seine Augen gleiten über die Bäume.
- Es war ein Grünspecht. Stimmt es?
Sie schiebt die Knie zusammen.
- Ja, du verdienst einen Preis.
Huch fasst sich an den Kopf.
- Du hast mich gar nicht gefragt, ob ich einen Preis will.
Annalena gibt ihm den Chip.

- Ich bin überzeugt, dass der Preis für dich ideal ist.

Ein Mann nähert sich mit weitausgreifenden Schritten.

- Hallo, ich bin Jason Mujo.

Er trägt dunkle Turnschuhe.

- Ich höre etwas von einem Preis.

Huch senkt den Blick.

- Ich habe gerade von Annalena einen Chip bekommen.

Mujo streckt begehrlich die Hände aus.

- Darf ich ihn einmal ansehen?

Huch überlässt ihm den Chip.

- Du darfst ihn von mir aus auch behalten.

Mujos Augen werden feucht.

- Er ist so kostbar, dass sein Wert gar nicht geschätzt werden kann.

Er fordert Annalena und Huch mit einem Winken auf, ihm zu folgen.

- In der Nähe hat es einen Getränkeautomaten.

Eine leichte Brise streift durch die Bäume. Das Licht fällt durch die Wipfel auf einen riesigen Getränkeautomaten voll mit Energy-Drink.

Mujo zwinkert spitzbübisch.

- Ich werde den Chip in den Schlitz schieben. Seid ihr beide bereit?

Annalena schlägt sich auf die Schenkel.

- Ich bin wirklich hoch erfreut, dass du so entschlossen vorgehst.

Huch steht breitbeinig.

- Was schaut dabei heraus?

Mujo wählt eine Taste.

- Die großen Automaten bieten dir einen einzigartigen Energy-Drink an.

Eine Lautsprecherstimme befiehlt.

- Zurücktreten bitte!

Donner grollt, erschüttert den monumentalen Kasten. Eine Dose rumpelt in den Schacht.

Mujo klaubt sie hervor.

- Das ist eine sehr freundliche Bedienung, prompt und schnell.

Er bietet die Dose Huch an.

- Möchtest du trinken?

Huch verschränkt die Arme vor dem Bauch.

- Es tut mir leid, ich habe im Moment genug Energie.

Annalena nimmt die Dose und trinkt sie in einem Zug aus.

- Solche Getränke sind völlig zu Recht beliebt.

Sie tanzt um Huch herum.

- Ich bin ziemlich im Schuss und kann nicht verstehen, warum wir nichts unternehmen.

Er hält den Kopf hoch.

- Ich bin erstaunt, wie rasch der Drink wirkt.

Annalena macht einen Ausfallschritt.

- Habt ihr jemals Steine gesammelt?

Mujo lacht, als habe sie einen Witz gemacht.

- Ja sicher. Mir gefallen schöne Steine.

Sie tastet den Boden konzentriert mit Blicken ab.

- Gut, dann sammeln wir eine Menge schöner Steine.

Mujo wählt einen steinigen Abstieg zu einem verwilderten, ausgetrockneten Flussbett, klettert über das Geröll zu einer schattigen Stelle, hebt einen Stein auf.

- Er sieht aus wie ein weißer Elefant.

Annalena betrachtet ihn beeindruckt.

- Sei lieb und gib ihn mir.

Mujo legt den Stein in ihre Hand.

- Ich möchte auf einem Elefanten fliegen lernen.

Ein weißer Elefant fliegt über das Flussbett, setzt zur Landung an.

Auf seinem Rücken sitzt eine Frau.

- Hallo, ich bin Florentine Rossellini.

Der Elefant landet, legt die Flügel an, geht in die Knie.

Florentine trägt ein Handkettchen.

- Ich lasse dich gern fliegen.

Mujo reißt die Augen auf.

- Ist der Elefant alt oder jung?

Florentine gleitet vom Rücken.

- Das fragen mich alle. Du bist nicht der einzige, der es wissen möchte.

Annalena tritt näher heran.

- Mich nimmt es auch wunder.

Florentine streckt den Fuß spitz.

- Er ist 10 Jahre alt.

Mujo steigt auf den Elefanten.

- Was muss ich machen, um ihn zu lenken?

Sie nestelt am Handkettchen, dreht es immer wieder.

- Du musst nur ruhig sitzen und dir das Ziel genau vorstellen.

Er schließt die Augen.

- Ich will ins Kino.

Der Elefant erhebt sich, schlägt die Flügel, fliegt in den wolkenlosen Himmel.

Annalena streicht sich eine Haarsträhne aus dem Gesicht.

- Du fragst dich sicher, was wir im Flussbett tun.

Florentine zieht eine Schulter hoch.

- Ich stelle euch keine Fragen.

Annalenas Augen wandern ruhelos hin und her.

- Ich würde jetzt gern einen flechtenbewachsenen Stein bekommen.

Ein Mann schreitet mit gebeugtem Rücken durchs Flussbett.

                    - Hallo, ich bin Henrik Klopfer.

Er trägt ein zerknittertes Hemd und bringt einen flechten- bewachsenen Stein.

- Ist er recht?

Sie streckt lächelnd den Kopf weit vor.

- Mehr als recht! Er ist hoch willkommen in meiner Samm- lung.

Florentine sieht Huch aus großen Augen an.

- Du scheinst dir nichts aus dem Sammeln zu machen.

Huch schließt halb die Lider.

- Oh doch, das Flechtengrün erinnert mich an einen andern Stein.

Klopfer fährt sich mit der Zunge über beide Lippen.

- Wo liegt er?

Huch hebt die Hand und deutet zum Wald.

- Ich habe ihn unter einem Baum gesehen.

Annalena schüttelt lächelnd den Kopf.

- Und warum hast du ihn nicht genommen?

Er zieht die Achseln hoch.

- Ich dachte, der Stein würde dem Baum und seinen Wurzeln gehören.

Klopfer schenkt ihm einen aufmunternden Blick.

- Nicht nachlassen! Ich bin sicher, im Flussbett liegen genug Steine herum, die niemandem gehören.

Huch lässt seinen Blick in die Runde schweifen.

- Das ist möglich.

Eine Frau kraxelt ins Flussbett hinunter.

                    - Hallo, ich bin Meryem Rosch.

Sie trägt eine Schuluniform und bringt einen Beutel.

- Wer möchte einen Energiestein?

Annalena läuft freudestrahlend auf sie zu.

- Ich brauche ihn.

Meryem reicht ihr den Beutel.

- Ich wäre gern deine Freundin.

Annalena nimmt den Stein heraus.

- Das ist gut. Man kann von einer neuen Freundin viel lernen.

Florentine hüpft in vielen kleinen Sprüngen durchs Flussbett.

- Uns nimmt vor allem wunder, wie der Energiestein funktioniert.

Meryem schließt alle Finger einer Hand.

- Er erfüllt Wünsche.

Klopfer verbiegt kess den Körper.

- Ich hätte gern ein goldenes Pferd.

156

Er hört ein Wiehern.

- Auf diesen Stein kann man sich verlassen.

Hufe klackern. Ein goldenes Pferd trabt auf ihn zu.

Klopfer schaut Huch an.

- Möchtest du reiten?

Huch streichelt das Pferd.

- Warum willst du, dass ich aufsitze?

Klopfer greift hinter dem Rücken ums Handgelenk.

- Du bist so nah dran. Ich getraue mich nicht einmal, es anzufassen.

Annalena fängt an zu kichern.

- Was für eine Art Beziehung hast du zu diesem Pferd?

Huch legt die Hände tatenlos übereinander.

- Soll ich es nicht streicheln?

Florentine stellt die Hüfte schräg aus.

- Hör nicht auf sie! Du machst alles richtig. Schwing dich aufs Pferd und reite ins Sonnenlicht hinaus.

Huch steigt auf.

- Es gibt ein gutes Gefühl.

Das Pferd verlässt das Flussbett, trabt durch eine Wiese mit duftenden Blumen, glänzt an der Sonne.

Der weiße Elefant mit Mujo auf dem Rücken kreist am Himmel, landet neben ihm.

Mujo schaut etwas streng und genervt auf Huch herab.

- Ah, du bist es. Ich dachte, wir sind im Kino.

Leicht gefunden

2 windschiefe Schilder stehen an einer Abzweigung im Gras und weisen in entgegengesetzte Richtungen. Huch läuft tiefer in den Wald. Eine Spinnwebe weht ihm ins Gesicht. Er steigt über Efeuranken hinweg, hört unter hohen Buchen Schritte knistern.
Eine Frau reckt die Hände, um auf sich aufmerksam zu machen.

- Hallo, ich bin Alia Hick.

Sie trägt eine vanilleweiße Lederjacke.
- Ich interessiere mich für den Spiegelirrgarten. Wir könnten zusammen hingehen.
Huch deutet eine federnde Lockerungsübung an.
- Das ist ein guter Vorschlag.
Alia führt ihn zu einem alten Fabrikgebäude.
- Der Irrgarten ist einen Besuch wert.
Huch berührt die Wand neben dem Eingangstor. Der Putz blättert.
- Ich weiß überhaupt nichts darüber.
Sie öffnet das Tor.
- Ohne Spiegel sehe ich nur wenig von mir, die Hände etwa oder die Beine, wenn ich sitze und nach unten schaue, mein Gesicht jedoch nie.
Huch tritt ein.

- Wenn es uns gefällt, können wir uns ja eine Weile umsehen.

Ein Spiegel lässt den Eingangsraum größer wirken, als er ist.

Ihre Hände tasten über die Haare.

- Man sieht mehr von sich, wenn man in den Spiegel blickt.

Sie lacht neckend.

- Du verhältst dich sehr schüchtern.

Huch fängt ihren Blick auf.

- Wieso sagst du das zu mir?

Alia fährt sich durch die Strähne auf dem Kopf.

- Ich studiere dich.

Sie tritt in die Halle mit dem Irrgarten, sieht sich in den zahlreichen Spiegeln beständig mehrmals.

- Ich bin einfach hingerissen. So vielmal habe ich mich noch nie gesehen.

Huch tappt durch die Spiegelgänge.

- Ich brauche etwas Zeit um mich zurechtzufinden.

In der Weite eines Fußballfelds stehen sich plötzlich Frauen und Männer gegenüber. Sie sehen alle gleich aus wie Alia und Huch.

Alia schaut ihn fragend an.

- Bist du wirklich?

Er beugt den Oberkörper vor.

- Du kannst aussuchen. Die Spiegel produzieren eine wunderbare Vielzahl. Was ist für dich wirklich?

Sie winkt höflich ab.

- Ich kann die Worte nicht finden, um mich richtig auszudrücken. Ich möchte eigentlich nur wissen, ob du wirklich vor mir stehst oder ich einem Spiegelbild begegne.

Huch hält ihr den Arm hin.

- Magst du lieber mich oder ein Spiegelbild?

Alia hängt sich bei ihm ein.

- Ich halte mich lieber an dich.

Er sucht einen Gang, der aus dem Irrgarten herausführt.

- Vielleicht braucht es nur wenige Schritte, und wir sind im Freien.

Alia stellt einen Fuß aus.

- Gefällt dir mein Schuh?

Huch senkt den Blick.

- Ja, das ist ein besonderer Turnschuh. Du kannst stolz darauf sein.

Sie geraten in ein Labyrinth. Wenn sie eine Tür öffnen, erschließt sich ihnen ein neuer Raum, der an jeder Wand mit einer Tür bestückt ist.

Huch renkt sich fast den Hals aus, um besser sehen zu können.

- Ich habe eine Idee. Wir lassen einfach alle Türen hinter uns offen. Dann können wir jederzeit den Weg zurückverfolgen.

Alia lehnt zwanglos gegen ihn.

- Wir bräuchten einen Faden, um eine Spur zu legen.

Hinter ihnen geht eine Tür auf.

Ein Mann ruft quer durchs Zimmer.

- Hallo, ich bin Piet Bang.

Er trägt Wollsocken.

- Wenn ihr fleißig stricken würdet, hättet ihr stets etwas Garn dabei.

Alia guckt an ihm vorbei zum Strickzeug, das auf einem Tisch liegt.

- Wir mögen dich.

Bang drückt sein Rückgrat durch.

- Mich? Warum?

Sie spitzt die Lippen.

- Weil du Recht hast.

Huch geht zur nächsten Tür, streicht über die Klinke.

- Führt diese Tür ins Freie?

Bang verzieht den Mund zum feinen Lächeln.

- Ich fange erst an, euch zu beraten.

Er sieht ihm direkt in die Augen.

- Trag Wollsocken. Du würdest damit gut aussehen.

Alia dreht den Kopf nach links.

- Das ist ein freundlicher Vorschlag.

Sie deutet auf den Boden.

- Pass auf!

Bang strauchelt.

- Wo bin ich hängen geblieben?

Er ringt ums Gleichgewicht.

- Ein Faden könnte es sein.

Das Strickzeug fällt vom Tisch

Alia betrachtet das Chaos aus Fäden, farbigen Knäueln und verbogenen Nadeln.

- Das ist sehr verwirrend.

Eine Frau kommt aufrecht und mit federnden Schritten aus einem Nebenraum.

- Hallo, ich bin Carina Taki.

Sie trägt ein oranges Shirt.

- Ich bringe das in Ordnung. Ihr könnt mir ganz vertrauen.

Bang ringt die Hände.

- Ich bin durcheinander. Wie kann ich dir danken?

Mit flinken Fingern entwickelt Carina die Fäden.

- Ich tu dir gern einen Gefallen.

Sie legt die Knäuel auf den Tisch und ordnet die Nadeln.

- Fühlst du dich wieder gut?

Ein verlegenes Lächeln huscht über sein Gesicht.

- Ja, ich kann dir gar nicht sagen, wie sehr.

Er klaubt eine goldene Nadel aus dem Strickzeug.

- Wie wäre es mit einem kleinen Geschenk für deine Hilfe?

Carina weicht zurück.

- Das kann ich nicht annehmen.

Alias Blick flattert.

- Eine goldene Nadel habe ich noch nie gesehen.

Bang drückt sie ihr in die Hand.

- Schau sie an und behalte sie, wenn sie dir gefällt. Wir sind wie eine Familie.

Sie führt die Nadel zum Mund, beißt darauf.

- Das ist echtes Gold. Willst du mich heiraten?

Er nimmt ein Foto aus der Tasche.

- Ja, und hier ist das Bild von der Kapelle, wo wir die Hochzeit machen.

Carina öffnet eine Tür, führt sie auf eine Wiese hinaus. Obwohl sie abgemäht ist, schrillen viele Grillen.

- Ihr seht aus, als ob ihr glücklich seid. Darf ich Trauzeugin sein?

Elstern flattern über den Hang, schäkern. Die Luft riecht nach Thymian.

Alia atmet tief durch.

- Ja sicher. Wir werden alle miteinander zur Kapelle gehen.
Sie wendet sich an Huch.

- Darf ich dich direkt fragen? Bist du der Trauzeuge?
Ein Mann hüpft über die Wiese.

- Hallo, ich bin Jannes Kucks.

Er trägt glänzende Schuhe.

- Ich liebe Brautpaare und wäre gern Trauzeuge.
Bang steckt mit verlegener Geste den Daumen in sein
Hemd.

- Wir haben mehr Trauzeugen als erwartet.
Alia deutet mit der goldenen Nadel auf Huch.

- Wir warten auf deine Antwort.
Die Nadel fällt ihr aus der Hand.

- Es macht Freude, mit Gold zu spielen, aber man muss
aufpassen.
Eine Elster fliegt heran, stürzt sich auf die Nadel, schnappt
sie mit dem Schnabel, schwirrt weg.
Alia reißt die Augen auf.

- Diese Elster war super schnell.
Bang hängt sich bei ihr ein.

- Wir haben die Nadel verloren. Liebst du mich noch?
Sie neigt ihre Stirn gegen seine Schläfe.

- Wir haben Glück oder Pech, aber immer als Paar. So sehe
ich das.
Carina klatscht in die Hände.

- Verzweifelt nicht.
Im flirrenden Licht über einem Heuhaufen stößt die Elster

einen Schrei aus, lässt die Nadel fallen.

Kucks fährt sich mit der Hand durch die Haare.

- Stell dir vor: Du musst nur klatschen, und es fällt Gold vom Himmel.

Alia rennt zum Heuhaufen.

- Ich kann es nicht glauben, dass die Nadel gerettet ist.

Bang wühlt in den Halmen.

- Sie steckt irgendwo in diesem Haufen.

Carina steigt aufs Heu.

- Lasst mich nur machen. Ich habe ein Gefühl, wo sie sein könnte.

Kucks stößt Huch in die Rippen.

- Ohne nachzuzählen würde ich schätzen, das sind viele Halme.

Huch zieht die Schuhe und Socken aus.

- Ich gehe mal barfuß darüber.

Alia lässt die Schultern hängen.

- Das könnte ich nicht. Das würde mich kitzeln.

Bang stellt die Füße eng zusammen.

- Du brauchst viel Glück.

Eine Frau tanzt über den Wiesenhang.

- Hallo, ich bin Leona Moreno.

Sie hat dunkelbraune, lange Haare und einen Stein in der Hand.

- Macht euch etwas traurig?

Kucks lächelt ihr schüchtern zu.

- Wir vermissen eine goldene Nadel.

Leona wirft den Stein auf den Heuhaufen. Ein heller Klang

165

ertönt.

- Das ist mein Lieblingsstein.

Der pink Grashüpfer

Zwischen den Getreidefeldern taucht ein kleiner Wald auf. Huch streift durch die wogenden, vom Wind gekraulten Halme, findet zwischen Föhren einen eingewachsenen Weg, der in eine Schlucht mit tosendem Wasserfall hinunterführt. Mit 3 Bögen überspannt eine Steinbrücke das Tal.

Huch folgt dem Bach bergauf und gelangt vor ein großes Tor aus Eiche. 2 Gesichter sind ins Holz geschnitzt.

Er öffnet das Tor, tritt in einen Park mit einer Freilichtbühne. Scheinwerfer leuchten sie an.

Der Vorhang geht auf. Wie Wasserfälle schimmern Wände aus Glitzerlametta vom Bühnenhimmel, schweben über dem Boden.

Eine Frau bewegt sich auf die Rampe zu.

- Hallo, ich bin Azra Savarin.

Sie trägt ein kurkumagelbes Kunstseidenkleid und eine Glitzerkette.
- Was machst du?
Huch hebt das Kinn.
- Ich schaue dich und die Bühne an.
Azra spricht mit leuchtenden Augen.
- Jeden beeindruckt diese Bühne.
Er winkelt die Arme an.

167

- Das kann ich verstehen. Sie ist schön.

Azra steigt die glitzernde Treppe zu ihm hinunter.

- Ich habe dich noch nie gesehen.

Huch schiebt die Hände in den Sack.

- Das ist möglich.

Sie legt den Finger auf die Unterlippe.

- Bist du schon lange hier?

Seine Augen haften an ihrem Gesicht.

- Nein, ich bin eben erst gekommen, habe den Weg in die Schlucht zufällig entdeckt.

Azra wechselt vom Stand- aufs Spielbein.

- Ich habe eine Kette.

Huch richtet den Blick darauf.

- Gefällt sie dir?

Sie nickt energisch.

- Ja, sie macht mich glücklich. Möchtest du sie einmal anziehen?

Er scheut mit dem Kopf zurück.

- Mir geht es ganz gut, wenn du sie anbehältst.

Ein Mann zuckt und zappelt sich durch den Park.

            - Hallo, ich bin Dean Lilienberg.

Er trägt eine eckige Brille und bringt einen Geigenkasten.

- Ich trage gern Ketten, vor allem, wenn sie glänzen.

Sie legt ihm die Glitzerkette an.

- Was hast du im Koffer?

Lilienberg legt den Geigenkasten ins Gras, klappt ihn auf.

- Eine Geige.

Azra wischt mit der Hand durch die Luft.

- Geigen sind selten.

Er hat Lachfältchen in den Augenwinkeln.

- Nein, sie sind verbreiterter, als du denkst.

Sie blinzelt verschmitzt.

- Kannst du einen Song spielen?

Lilienberg hält die Arme eng am Körper.

- Nein, ich weiß nicht, wie man Geige spielt.

Ihr Blick gleitet zu Huch.

- Willst du es einmal versuchen?

Er spreizt die Finger ab.

- Das könnte ich, aber ich habe leider keine Geige.

Lilienberg macht eine Handbewegung wie ein Polizist, der ein Auto vorbeiwinkt.

- Nimm meine!

Azra reibt sich vor Freude die Hände.

- Komm schon, es ist ganz leicht.

Huch hebt die Geige ans Kinn.

- Habt ihr gern hohe Töne?

Lilienbergs Augen beginnen zu leuchten.

- Ja sicher. Was hältst du von Domenico Scarlattis Katzenfuge? Kann man sie auch auf der Geige spielen?

Azra reicht Huch den Bogen.

- Ich weiß etwas Besseres. Spiel einfach wie eine Katze.

Er spielt ein paar hohe Töne, lässt die Saiten miauen.

- Ich tu euch gern den Gefallen.

Lilienberg lacht mit weit aufgerissenem Mund.

- Du spielst sehr gut.

Huch setzt die Geige ab.

- Ich probiere es einfach.

Azra atmet mit einem kräftigen und tiefen Zug den

Brustkorb empor.

- Das Spiel war echt eine Offenbarung.

Lilienberg kaut auf den Lippen.

- Was ist das?

Sie wippt mit dem Schuh.

- Wenn es offenbar wie eine Katze tönt.

Er blickt Huch freundlich ins Gesicht.

- Kannst du die Geigenklänge auch wie ein Frosch hüpfen lassen?

Huch zieht die Schultern ein.

- Hüpfer sind schwierig.

Er zupft die Saiten an, lässt die Töne in die Höhe springen.

- Da ich nicht zu laut spiele, braucht ihr keinen Gehörschutz.

Ein pinkfarbener Grashüpfer schwirrt durch die Luft, landet auf der Geige.

Huch empfängt ihn mit vergnügtem Lächeln.

- Du bist willkommen.

Azra kann sich vor Lachen nicht mehr einkriegen.

- Er hat einen wirklich schönen Platz.

Lilienberg beugt sich sehr weit nach vorn.

- Vielleicht ist er ein Tänzer.

Der Grashüpfer geht auf der Geige auf und ab.

Azras Blick schweift über die Wiese.

- Oder er wartet auf seine Freundin.

Eine Frau stapft durch die Parkwiese.

- Hallo, ich bin Felicitas Galas.

Sie trägt einen rebschwarzen Minirock, tritt mit einem Glockenspiel zu Huch.

170

- Wartest du auf eine Freundin? Willst du mit mir ausgehen?
Huch legt die Geige sorgfältig in den Kasten.

- Nein, wir haben uns gefragt, ob der Grashüpfer auf eine Freundin wartet.
Felicitas senkt den Blick.

- Ist das ein Männchen? Ich dachte, Pink sei etwas für Mädchen.
Der Grashüpfer springt von der Geige aufs Glockenspiel, entlockt den feinen Metallstäben tröpfchenartige Töne.
Lilienberg macht die Augen zu.

- Das tönt wie Chopins „Regentropfen"-Prélude.
Azra lauscht aufmerksam.

- Da kommt jemand.
Ein Mann durchstreift den Park.

- Hallo, ich bin Emir Fontaine.

Er trägt einen steinweißen Anzug, bringt einen Schirm.

- Wer fürchtet sich vor dem Regen?
Felicitas lächelt ihm über die Schulter hinweg zu.

- Niemand, mach dir keine Sorgen. Der Grashüpfer ließ Tröpfchen vom Glockenspiel klingen.
Azra schenkt ihm einen tiefen und prüfenden Blick.

- Ist das ein teurer Anzug?
Fontaine nestelt in den Taschen.

- Irgendwo habe ich das Preisschild.
Lilienberg schlägt die Hand vor den Mund.

- Bewahrst du alle Preisschildchen auf?
Fontaine zieht ein Schild aus dem Sack.

- Normalerweise hebe ich nur die Preisschildchen der

Hosen auf. Aber bei diesem Anzug gab es einen Preis für beide Teile.

Felicitas spreizt die Finger ab wie kleine Flügelchen.

- Was machst du mit all den Preisschildchen?

Er guckt verträumt aufs Schild.

- Nun, ich nehme sie immer wieder hervor und schaue sie an. Sie zeigen mir, wie kostbar das Leben ist.

Auffordernd lächelt er Huch an.

- Hast du das Preisschild deiner Hose noch?

Huch wiegt den Kopf.

- Ein Preisschild? Das gibt es doch nur in Läden.

Der Grashüpfer schwirrt vom Glockenspiel auf den Schirm.

Azra klopft Fontaine auf die Schulter.

- Er mag dich.

Fontaine hält den Schirm weit von sich.

- Mit Grashüpfern verbindet mich überhaupt nichts.

Lilienberg hält das Kinn ein bisschen nach vorn.

- Das sehe ich ganz anders. Du kannst lachen, und er kann lachen. Das ist eure Verbindung.

Felicitas macht große Augen.

- Ihr habt beide Spaß.

Fontaine schaut Huch an.

- Darf ich dir den Schirm schenken?

Huch schließt halb die Augenlider.

- Du solltest zuerst die andern fragen. Vielleicht möchten sie ihn haben.

Azra grapscht nach seinem Arm.

- Hast du manchmal Schwierigkeiten, etwas anzunehmen?

Er drückt sein Kreuz durch.

- Nein, durchaus nicht. Warum ist es so wichtig, dass

gerade ich den Schirm bekomme?

Lilienberg stößt ihm mit dem Ellbogen in die Rippen.

- Weil Emir ihn dir schenken möchte.

Felicitas spielt ein paar Töne mit dem Glockenspiel.

- Das hast du möglicherweise noch nicht gelernt. Wenn du ein Geschenk bekommst, nimmst du es an und sagst danke.

Der pink Grashüpfer springt auf Huchs Schulter.

Fontaine übergibt ihm den Schirm mit leuchtenden Augen.

- Ich bin glücklich, dass ich ihn dir geben darf.

Notenköpfe mit Knöpfen

Vom Waldboden steigt der Duft von Holz und Laub. Eine Baumhöhle schimmert kastanienbraun. Darin liegt ein Geigenbogen. Huch zieht ihn heraus, dreht und wendet ihn, streicht über seine Hand, geht ein paar Schritte weiter, gelangt vor einen Fels.

Aus einer Spalte tritt eine Frau.

- Hallo, ich bin Ariana Bing.

Sie trägt einen Seidenschal, ein honiggelbes Kleid, bringt einen Cellokoffer.
- Das ist dein Instrument.
Seine Hände schließen sich fest um den Bogen.
- Ich mag nicht nur das Cello, sondern auch das Klavier.
Ariana öffnet den Koffer.
- Möchtest du nicht lieber spielen, statt reden?
Ein Mann kommt wiegenden Schrittes.

- Hallo, ich bin Tilo Kral.

Er trägt eine dünne Jacke und bringt einen Campingstuhl.
- Darauf sitzt du gut.
Ariana reicht Huch das Cello.
- Ich zeige dir einmal das Instrument. Du musst noch keine Entscheidung treffen.

175

Kral stellt den Stuhl auf den weichen Sandboden ab.

- Das ist ein gutes Cello.

Huch setzt sich.

- Es sieht alt aus.

Sie legt die Hand auf seine Schulter.

- Es ist so alt wie die Berge.

Kral wippt mit den Füßen.

- 4 Saiten warten auf dich.

Huch nimmt das Cello zwischen die Knie, streicht einzelne, lose Töne, horcht dem Echo im Fels nach.

- Habe ich gut gespielt?

Ariana streckt den Seidenschal wie Flügel hinter sich.

- Glück heißt für mich Cellomusik.

Kral zieht die Winkel seines breiten Munds nach unten.

- Irgendetwas stimmt nicht.

Eine Frau schlendert über den Bergweg.

                              - Hallo, ich bin Hara Sorsoli.

Sie trägt ein Tupfenkleid.

- Ich stimme das Cello.

Ariana feuchtet die Lippen mit der Zunge an.

- Ich denke, wir brauchen deine Hilfe.

Kral streicht das Haar zurück.

- Ich habe keine Ahnung, wie das geht. Da können wir viel lernen.

Hara legt den Knöchel des Mittelfingers an die Schläfe.

- Das ist nicht das erste Cello, das ich stimme, und es wird nicht das letzte sein.

Huch steht auf.

176

- Spielst du oft?

Sie nimmt auf dem Campingstuhl Platz.

- Nein, nie. Ich stimme nur.

Er übergibt ihr das Cello.

- Wieso?

Hara zupft eine Saite an.

- Ich bin ein Riesenglückspilz. Ich habe das absolute Musikgehör. Darum macht mir das Stimmen Spaß.

Sie dreht an einem Wirbel.

- Es beginnt.

Auf einem Ast über der Baumhöhle singt ein Vogel.

Ein Lächeln schleicht sich in Arianas Gesicht.

- Das Stimmen zieht die Vögel an.

Kral öffnet staunend den Mund.

- Hat dich dein absolutes Musikgehör je im Stich gelassen?

Sie stimmt die nächste Saite.

- Nein, ich erinnere mich an keinen Ausfall.

Nur kurz und schnell dreht sie an den andern Wirbeln, dann gibt sie Huch das Cello zurück.

- Es ist alt. Du musst ihm Sorge tragen.

Huch reicht es Ariana weiter.

- Es gehört dir.

Hara erhebt sich.

- Wenn es wieder verstimmt ist, können wir es erneut versuchen.

Huch führt mit dem Bogen weiche, fließende Bewegungen aus.

- Willst du wirklich keinen Song spielen?

Sie schließt die Augen.

- Ich habe es gestimmt, und das ist schon genug. Ich weiß

177

schon überhaupt nicht mehr, dass es Songs gibt.

Ein Mann eilt mit federnden Schritten über den Sand.

- Hallo, ich bin Leandro Steinberg.

Er trägt einen Frack und bringt einen Zettel. Darauf ist ein Text gekritzelt.

- Ohne Song habt ihr keinen Spaß.

Ariana wirft einen schnellen Blick darauf.

- Ich habe ein Gefühl, wie er tönen könnte.

Krals Augen verharren auf dem Zettel.

- Wie machst du das? Ich sehe gar keine Noten.

Hara stützt sich mit 2 Fingern auf den Campingstuhl.

- Wir brauchen Noten.

Steinberg streicht sich mit der Hand nachdenklich über das Kinn.

- Ihr habt Recht. Wir sollten so schnell wie möglich Linien zeichnen und die Noten hineinsetzen. Aber leider hat es auf dem Zettel zu wenig Platz.

Huch zieht mit dem Bogen Linien in den Sand.

- Gefallen sie euch?

Ariana beugt den Oberkörper.

- Du hast eine elegante Lösung gefunden.

Kral senkt den Kopf.

- Ich nehme an, da fehlen noch die Noten.

Hara singt vor sich hin.

- Ich helfe euch, wenn ihr wollt.

Steinberg dreht die Knie einwärts.

- Wir sind interessiert.

Ariana legt den Rücken der linken Hand in die rechte

178

Innenhand.
- Noten schreiben ist nicht einfach.
Kral malt kleine Kreise in die Luft.
- Ich glaube, wir werden einen Komponisten brauchen.
Hara nimmt Huch den Bogen aus der Hand, zeichnet eine
Note in die Linien.
- Wieso denn? Ihr habt doch mich.
Steinberg zeigt sich beeindruckt.
- Du bist eine Komponistin, oder etwa nicht?
Sie streift das Schläfenhaar hinter die Ohrmuschel zurück.
- Nein, ich schreibe einfach gern schöne Noten.
Er stellt die Unterlippe vor.
- Vielleicht kann dann jemand meinen Song spielen.
Eine Frau durchquert den Sand vor dem Fels mit schnellen
Schritten. Sie bringt eine Schere.

          - Hallo, ich bin Jonna Schwalbacher.

Sie trägt eine Bluse. Die Knöpfe sind rund, haben Löcher
in der Mitte.
- Ich spiele gern mit Knöpfen.
Ariana lässt den Fuß kreisen.
- Kannst du auch einen Song damit spielen?
Jonna schneidet einen Knopf von ihrer Bluse ab.
- Ich bin sicher, dass es gelingt.
Kral reibt sich an der Nase.
- Kannst du dir das leisten?
Sie legt den Knopf auf einen Notenkopf.
- Das habe ich mich noch gar nie gefragt. Wie denkt ihr
darüber?

Hara zieht den Kopf ein wenig ein.

- Ich kann keine Antwort finden. Es ist ja deine Bluse.

Jonna schneidet den nächsten Knopf ab, setzt ihn auf die Note.

- Gefällt es euch?

Steinberg hebt die Pupillen zu den Augenlidern.

- Noch nie wurde ein Song von mir mit Knöpfen gespielt. Ich bin begeistert.

Sie entfernt den dritten Knopf.

- Jetzt übertreibst du aber.

Er hält mit gefalteten Händen das angezogene Bein.

- Nein, durchaus nicht! Ich sage die Wahrheit.

Jonna trennt den vierten Knopf ab.

- Ihr mögt Knöpfe, nicht wahr?

Ariana lächelt charmant.

- Es gibt viele Wege, wie man einen Song spielt.

Jonna reicht ihr den Knopf.

- Kannst du ihn auf die Note legen?

Ariana bückt sich.

- Gern!

Sie richtet sich auf, stellt sich neben Huch.

- Ich habe gerade etwas Lustiges gesehen. Ich bin gleich groß wie du.

Er öffnet die Lippen zu einem strahlenden Lächeln.

- Es sieht so aus.

Kral schiebt die Hüfte vor.

- Es nimmt mich wunder, wie weit die Knöpfe reichen.

Jonna gibt ihren letzten Knopf her.

- Nicht sehr weit, wie du leider siehst.

Ein Mann bewegt sich in Trippelschritten durch den Sand.

- Hallo, ich bin Yasin Hiroki.

Er trägt ein T-Shirt mit Knöpfen.
- Was macht ihr?
Hara tastet ihn mit Blicken ab.
- Jonna hat ihre Knöpfe für den Song geopfert.
Steinberg senkt die Lider.
- Wir brauchen mehr Knöpfe.
Hiroki macht einen langen Hals.
- Ihr Opfer soll nicht umsonst sein.
Jonna reicht ihm die Schere.
- Reut dich dein T-Shirt nicht?
Er schneidet die Knöpfe ab.
- Nein, ich bin entschlossen.
Ariana klatscht in die Hände.
- Ich bin glücklich. Es ist schön, mit euch zusammen zu sein.
Kral blickt versonnen auf die Noten.
- Song schreiben ist eine aufregende Sache.

Duett für 2 Katzen

Der Fluss donnert durch ein Tal, spritzt Gischt. Huch folgt dem schmalen Uferweg. Eine Bretterbude drückt sich in den Hang, von Brombeersträuchern mit großen, süßen Früchten überwachsen. Durch die halboffene Tür und das kleine Fenster fallen Sonnenstrahlen.
Eine Frau tritt ins Freie, schwenkt eine birkenweiße Serviette.

- Hallo, ich bin Flora Flores.

Sie hat lange dunkle Haare.
- Ich möchte dich etwas fragen.
Huch krümmt den Rücken wie ein Fragezeichen.
- Wen? Mich?
Flora hält sich die Hand als Lichtschutz vor die Augen.
- Ja, dich. Weißt du, wo das nächste Klavier steht?
Ein heller Lichtfleck fällt auf Huchs Hut.
- Nein, leider habe ich keine Spur von einem Klavier gesehen.
Ein Mann läuft den Uferweg hinauf.

- Hallo, ich bin Jasper Wallmann.

Er trägt ein Jackett.
- Ich zeige euch gern einen Steinway Konzertflügel.

183

Floras Augen blitzen.

- Danke. Du hast gute Schuhe.

Wallmann hebt seinen Arm.

- Die brauche ich. Wir steigen nämlich bergauf.

Er führt sie auf einen kleinen Berg. Auf der Höhe breitet eine Eiche ihre riesige Krone über einem Gehölz aus. Der Steinway befindet sich zwischen den mächtigen Wurzelsträngen.

Flora reicht Wallmann die Serviette.

- Möchtest du etwas spielen?

Er putzt den Staub vom Kerzenständer neben der Notenablage.

- Das kann ich leider nicht.

Sie öffnet den Deckel.

- Willst du es nicht versuchen? Klavierspielen ist einfach. Drück ein paar Tasten.

Er scharrt mit den Füßen.

- Ich würde lieber heiraten.

Flora hat ein wie gemaltes Lächeln auf den Lippen.

- Wen?

Wallmann vergräbt seine Hände tief in den Hosentaschen.

- Dich.

Sie holt durch den Mund Luft.

- Warum?

Er kneift die Augen zusammen.

- Das mache ich lieber als Klavierspielen.

Huch hört das Unterholz knacken.

- Es kommt jemand.

Eine Frau pfeift ein Liedchen.

- Hallo, ich bin Ilea Klucker.

Sie trägt ein ginstergelbes Kleid.
- Schön, dass ihr hier seid. Ich bringe euch eine Kerze.
Flora deutet mit leuchtenden Augen auf den Ständer.
- Danke. Steck sie ein.
Ilea lässt den Blick zwischen ihr und Wallmann hin und her wandern.
- Ihr seht wie verliebte Katzen aus. Seid ihr ein Paar?
Er schaufelt eine Zündholzschachtel aus der Tasche.
- Noch nicht, aber ich glaube, es ist Zeit für die Heirat.
Sie steckt die Kerze in den Ständer.
- Ja, dann solltest du so schnell wie möglich in die Kirche gehen.
Wallmann zündet die Kerze an.
- Ich kann doch nicht alleine heiraten.
Ilea fragt Flora.
- Gehst du nicht mit?
Flora dreht sich wie eine Tanzmaus.
- Vielleicht später. Zuerst möchte ich singen.
Ilea legt den Kopf schief.
- Du hast eine katzenfeine Stimme. Sing etwas!
Flora schwingt die Arme locker umher.
- Normalerweise begleitet mich jemand am Klavier.
Wallmann macht nervös das Jackett auf und zu.
- Deine Frisur gefällt mir.
Sie fährt sich durchs Haar.
- Danke, das freut mich. Aber ich habe es vielleicht nicht deutlich genug gesagt. Ich kann wirklich nicht allein singen.

Ilea wendet sich an Huch.
- Würdest du sie gern begleiten?
Er setzt sich auf die Klavierbank.
- Findet ihr das gut?
Flora beißt sich auf die Unterlippe.
- Ja klar. Es gibt nur ein Bedenken. Ich habe noch etwas vergessen.
Wallmann tigert ums Klavier herum.
- Was denn? Vielleicht können wir es für dich holen.
Sie wackelt mit den Händen.
- Es fehlt die Geige.
Ein Mann läuft auf den Berg.

- Hallo, ich bin Lion Turing.

Er trägt einen federweißen Mantel und bringt eine Geige.
- Ich spiele gern und hoffe, dass ich euch nicht enttäusche.
Flora dreht Pirouetten.
- Wenn du dabei bist, macht es Spaß.
Wallmann lehnt sich an den Baum.
- Was immer ihr spielt, ich freue mich.
Ilea beugt sich nach vorn.
- Du bringst es auf den Punkt. Welchen Song wählt ihr?
Turings Blick schweift zu Flora.
- Schließ die Augen und wünsch dir einen.
Flora verschiebt den Unterkiefer.
- Nein, das stelle ich mir ganz anders vor. Ich würde gern eure Wünsche erfüllen. Das gibt ein gutes Karma.
Wallmann lächelt, hält sich die Hand vor den Mund.
- Hat niemand einen Wunsch?

Ilea dreht sich mit ausgestrecktem Arm langsam um die eigene Achse.
- Ich hätte gern das „Duetto buffo di due gatti", das Duett für 2 Katzen.
Turing legt seine Hand auf ihre Schulter.
- Und wer singt den Part der zweiten Katze?
Ihr Gesicht hellt sich auf.
- Wenn du mich so direkt fragst, kann ich fast nicht nein sagen.
Eine Frau fegt auf den Berg.

- Hallo, ich bin Christina Denk.

Ihr Haar leuchtet entengrün. Sie bringt Noten und Notenständer.
- Wollt ihr Noten?
Flora streckt und dehnt die Arme.
- Ja sicher. Wir können erst anfangen, wenn du sie verteilt hast.
Wallmann winkt ihr zu.
- Ich möchte helfen. Was kann ich tun?
Ilea hält die Hände übereinander auf dem Bauch.
- Du kannst den Notenständer für Lion aufstellen.
Er lässt sich einen Ständer reichen, klappt die Beine aus.
- Es funktioniert tatsächlich.
Turing blickt aufs Blatt.
- Was für schöne Noten!
Christina berührt mit der Hand Huchs Achseln.
- Ich liebe die Noten mit Hälsen und Fähnchen.
Er rutscht auf der Klavierbank.

- Wir könnten vierhändig spielen.

Sie fährt sich mit der Zunge über die Mundwinkel.

- Weißt du, was ich am liebsten vierhändig mache?

Huch öffnet beide Handteller.

- Cembalo spielen?

Sie legt die Partitur auf den Notenständer des Flügels.

- Ich bin mir nicht sicher, ob du merkst, worauf ich hinaus will.

Flora blickt von den Noten auf.

- Es fehlt etwas im Leben, solange man das „Duetto buffo di due gatti" nicht gesungen hat.

Wallmann befingert den Notenständer.

- Hoffentlich habe ich die Schrauben richtig angezogen.

Ilea legt eine Hand auf seinen Rücken.

- Mach dir keine Sorgen. Wir werden uns sehr gut amüsieren.

Turing weist mit dem Bogen in die Richtung des Notenblatts.

- Ich liebe dieses Stück.

Christina schließt die Augen halb.

- Die Idee, nur miau zu singen, erscheint zuerst absurd. Aber wenn ihr loslegt, kommen euch alle andern Texte komisch vor.

Flora streicht mit der Hand über das Notenblatt.

- Das Duett ist perfekt. Miau!

Wallmann schaudert die Haut.

- Was? Ihr singt nur miau?

Ilea sagt augenzwinkernd.

- Miau hat 2 Bedeutungen.

Turing zupft an den Saiten.

188

- Nämlich?

Sie stellt sich auf die Zehenspitzen.

- Der Nervenkitzel des Wartens und der Moment, an dem du herausfindest, wie es klingt.

Christinas Blick wandert über das Notenblatt.

- Wann fängt man am besten mit dem Miau-Lernen an?

Huch schlägt die ersten Töne an.

- Genau jetzt.

Flora bewegt sich wie in Trance.

- Miau ist meine zweite Natur.

Wallmann schenkt Huch einen vielsagenden Blick.

- Bist du zufrieden mit dem Flügel?

Huchs Finger tanzen in Windeseile über die Tasten.

- Ich habe das Gefühl, er klingt außergewöhnlich.

Wallmann richtet die Fußspitzen leicht nach innen.

- Ein Steinway ist nicht alles. Aber wenn du keinen Steinway hast, kannst du nichts machen.

Ilea legt das Notenblatt auf den Flügel, klatscht begeistert.

- Wir könnten eine Band gründen. Miau!

Noch nie hörten so viele eine Gans

Der Weg ist hellgrün. Eine Grille zirpt. Horizontblau wölbt
sich der Himmel über dem Waldberg.
Huch geht in Schleifen durch den Wiesenhang.
Eine Frau kommt ihm in kurzen Schritten entgegen.

- Hallo, ich bin Nana Kling.

Sie hat langes, glänzend helles Haar und trägt einen Korb
voll Socken.
- Ich stricke gern.
Huch wirft einen Blick in den Korb.
- Wenn meine Socken abgenützt sind, schaue ich bei dir
vorbei.
Ihr Zeigefinger springt auf.
- Ich gebe dir ein Paar.
Ein Mann hat sich seiner Schuhe entledigt und läuft barfuß
über die Wiese.

- Hallo, ich bin Finley Reiser.

Er trägt eine Brille mit dünnen Gläsern.
- Ohne dich bin ich sockenlos. Du bist meine einzige Hoff-
nung.
Nana fährt sich mit der Hand durchs Haar.
- Wo hast du denn deine?

Reiser kratzt den Nasenrücken.

- Ich habe sie zu Hause vergessen.

Sie klopft mit den Fingerkuppen auf den Korb.

- Du hast Glück, dass du mich triffst.

Seine Augen leuchten.

- Ich habe noch nie so schöne Socken gesehen.

Nana senkt den Blick.

- Welche Farbe gefällt dir?

Er stemmt die Hände in die Hüften.

- Wenn ich das nur auf Anhieb sagen könnte!

Sie nimmt ein Paar aus dem Korb.

- Würdest du am liebsten aquamarinblaue tragen?

Reiser schaut die Socken sinnend an.

- Ich weiß gar nicht, ob mich das glücklich macht.

Eine Frau wandert durch die Wiese.

- Hallo, ich bin Hedi Wilks.

Sie trägt Jeans.

- Ich würde es sehr schätzen, wenn ich die Socken bekäme.

Nana winkt sie mit dem Zeigefinger herbei.

- Ich will dir ein kleines Geheimnis sagen.

Hedi tritt näher.

- Verrat es mir!

Nana muss ein Lachen unterdrücken.

- Wenn ich einen Socken fertig gestrickt habe, beiße ich die Wolle mit den Zähnen ab.

Hedi breitet die Arme aus.

- Ah, jetzt verstehe ich das zugrunde liegende Prinzip.

Nana hält ihr den Korb hin.

- Du kannst so viele Socken haben, wie du möchtest.

Reiser stiert ratlos vor sich hin.

- Früher oder später möchte ich auch ein Paar haben.

Hedi schnuppert an einem Socken.

- Du musst dich nicht beeilen.

Nana raunt bedeutungsvoll.

- Eigentlich sind wir 2 Pärchen.

Reiser juckt der kleine Zeh.

- Ja, das ist der Anfang. Man trifft sich auf der Wiese und fragt sich, wer mit wem gehen könnte.

Hedi schaut Huch unverhohlen ins Gesicht.

- Das ist ein beliebter Treffpunkt.

Er sagt mit einem wachen Blick.

- Es könnte darin liegen, dass sich die Wege kreuzen.

Nana leckt über eine Lippe.

- Ich habe Appetit auf Süßes.

Reiser faltet die Hände vor dem Bauch.

- Ich würde gern Zuckerwatte essen.

Ein Zuckerwattenverkäufer rollt mit seinem Dreirad über den hellgrünen Weg.

- Hallo, ich bin Clemens Hirsch.

Er trägt eine Armbanduhr.

- Ich wäre gern zu Fuß gekommen. Aber dann hätte ich meine Maschine nicht dabei.

Nana verschränkt die Arme hinter dem Rücken.

- Bist du stolz darauf?

Hirsch startet den Motor der Zentrifuge.

- Ja! Spitzt eure Ohren! Sie tönt wie Musik.

Reiser blickt ihn fragend an.

- Und bist du zufrieden mit der Watte, die sie herstellt?

Hirsch hält einen Stab in die Zentrifuge.

- Natürlich! Du isst einen Flausch und bist sofort verliebt.

Hedi umarmt Huch.

- Das ist das Einzige, das zählt.

Huch weicht mit dem Oberkörper zurück.

- Ich interessiere mich auch für die Musik.

Hirsch hält eine Zuckerwatte hoch.

- Die erste ist perfekt.

Nana stellt den Korb mit den Socken ab.

- Ich möchte sie nicht alleine essen.

Reisers Zunge berührt die Oberlippe.

- Ich kann dir helfen, wenn sie zu groß ist.

Hedi schielt mit halbem Auge nach Huch.

- Mit Zuckerwatte lernt man teilen.

Er horcht auf.

- Habt ihr das auch gehört?

Hirsch stellt die Maschine ab.

- Stört ein Geräusch?

Nana legt den Zeigefinger vor das Kinn.

- Hört mal, bitte.

Reiser lacht mit weit offenem Mund.

- Ich kann alle Tierstimmen erkennen. Das ist eine Gans, die schnattert.

Hedi sucht mit den Augen die Wiese ab.

- Wir müssen schauen, ob sie Hilfe braucht.

Hirsch beugt sich vor, stützt sich auf die Lenkstange.

- Fast alle genießen zuerst die Watte, bevor sie losrennen.

Nana nimmt ihm die Zuckerwatte ab.

- Du hast Recht. Nach dem Essen haben wir mehr Energie.

Reiser hält sich die Ohren zu.

- Gänse schnattern immer. Das hat nichts zu bedeuten.

Hedi beißt in die Zuckerwatte.

- Es ist unmöglich, Tiere zu verstehen.

Hirsch verkündet stolz.

- Ich kann euch noch eine Zuckerwatte mit Fruchtaroma anbieten.

Huch lässt seinen Blick in die Ferne schweifen.

- Ich sehe zuerst nach der Gans.

Die Zuckerwatte klebt an Nanas Lippen.

- Was machst du, wenn sie wegfliegt?

Er zeigt mit dem Zeigefinger in die Luft.

- Dann kann ich ihren Flug studieren.

Reiser winkt ab.

- Ich glaube nicht, dass eine Gans fliegen kann.

Hedi schmiegt sich an Huch.

- Wenn es jetzt zum Beispiel eine Wildgans wäre, dann könnten wir einen schönen Film drehen.

Hirsch startet die Maschine.

- Geh doch schon mal voraus. Wir stärken uns noch und kommen nach.

Hedi legt die Arme um ihn.

- Machst du die Zuckerwatte mit Fruchtaroma?

Er rückt seinen Hemdsärmel zurecht.

- Ja, aber du musst mich loslassen. Ich brauche Ellbogen-freiheit, wenn ich den Stab in die Zentrifuge halte.

Huch läuft durch die hohen Grashalme, die sich wellenartig im Wind beugen, während eine einzelne Wolke langsam und hoch oben über den lapislazuliblauen Himmel gleitet.

Eine Frau trippelt durch die Wiese.

- Hallo, ich bin Estelle Curtis.

Sie trägt eine kardinalsrote Strickjacke.
- Ich habe gern Erdbeeren.
Ein Mann durchquert die Wiese.

- Hallo, ich bin Aiden Brook.

Er trägt Bluejeans und bringt einen Korb voll Erdbeeren.
- Erdbeeren mag ich auch.
Estelle verschränkt die Hände auf dem Rücken.
- Ich habe eine Idee. Wir könnten die Erdbeeren teilen.
Brook richtet den Blick auf Huch.
- Ich kann mir vorstellen, dass ihr enge Freunde seid.
Huch schließt die Augen.
- Wer? Estelle und ich?
Sie umarmt ihn.
- Von allen meinen Freunden bist du der beste.
Er zuckt mit den Achseln.
- Aber wir haben uns eben erst getroffen.
Estelle wickelt sich spielerisch eine Haarsträhne um den
Finger.
- Die Zeit spielt keine Rolle.
Brook bietet Huch eine Erdbeere an.
- Eure Freundschaft funktioniert wirklich gut. Ihr könnt aus
dem Stegreif Theater spielen.
Estelle hakt sich bei Huch ein.
- Findest du das nicht erstaunlich?

Er sagt mit einem Lächeln auf den Lippen.

- Man hört nie auf zu lernen.

Brook stutzt.

- Habt ihr auch eine Gans gehört?

Estelle legt den Zeigefinger an die Oberlippe.

- Ihre Stimme ist unüberhörbar. Sie hallt durch die Wiese.

Huch geht voran durch einen dichten Espenwald.

- Ich möchte nachsehen, was los ist.

Zwischen 2 Bäumen sitzt eine Gans auf einem Karton.

Brook guckt interessiert und freundlich.

- Was ist in der Schachtel?

Die Gans teilt ihm fröhlich mit.

- Ein goldener Kelch.

Das große Los

Die Senke säumen Bäume. Ein Eichelhäher kreischt. Schaf-wolle hängt im Draht eines Weidezauns, wippt im Wind. Ein Weg schlängelt sich hinab in eine karge Schlucht. Der Gießbach rauscht. Das Wasser stürzt donnernd in die Tiefe, speist ein Felsenbecken. Wie ein Schleier, ein Vorhang wirken die Strähnen des Wasserfalls. Huch wäscht sich die Hände. Ein Hahn kräht lauthals vor einem Bretterverhau. Dahinter ist der Weg in den Fels gehauen, so eng, dass 2 Menschen kaum nebeneinander gehen können.
Eine Frau kommt ihm entgegen.

- Hallo, ich bin Hermine Pani.

Sie trägt einen Kapuzenumhang mit kajalschwarzem Rand.
- Hier ist niemand außer uns.
Huch begegnet ihrem Blick.
- Ja, in der Stadt könnten manchmal mehr Menschen zu-sammenkommen.
Hermine lächelt von Ohr zu Ohr.
- Du siehst gut aus mit deinen langen Haaren.
Sein Kopf ist leicht zurückgelehnt.
- Danke. Das hast du freundlich gesagt.
Er lässt den Blick schweifen.
- Dieser Hohlweg ist etwas eng.
Sie schaut ihm direkt in die Augen.

- Ich würde gern wissen, was du hier machst.

Huch lässt seine Arme fliegen wie Schmetterlinge.

- Ich versuche herauszufinden, ob es die Vögel ruhig angehen lassen.

Ein Mann rennt in den Hohlweg.

- Hallo, ich bin Josef Bick.

Er trägt eine buchengrüne Baseballmütze und bringt ein Fernglas.

- Jeder Vogel hat ein Geheimnis. Aber ohne Feldstecher kannst du es nicht sehen.

Hermine hört eine Krähe.

- Lass mich einmal schauen.

Bick reicht ihr das Fernglas.

- Gerne. Wir könnten zusammen Vögel beobachten.

Sie hebt den Feldstecher ans Auge, dreht am Ring, bis sie den Raben auf dem Tannenwipfel scharf sieht.

- Es ist immer ein Vergnügen, einer Krähe zuzuschauen.

Huch hat die Augen weit geöffnet.

- Was macht sie?

Hermine setzt das Fernglas ab.

- Sie guckt zurück.

Bick nimmt den Feldstecher zurück, späht.

- Jetzt wendet sie sich von uns ab.

Er rückt seine Baseballmütze zurecht.

- Habt ihr eine Idee, was wir sonst noch beobachten könnten?

Hermine biegt die Finger nacheinander ein.

- Ich denke, wir könnten den Hohlweg verlassen und uns

umschauen.

Die Felsen haben feine hellgraue und erdige Farbtöne. Sie treten zurück und geben die Sicht in eine steinige Landschaft frei. Ein Park ist von einer hohen Mauer umgeben. Ein buchsgrün lackiertes Tor aus massiven Gitterstäben versperrt den Weg ins Innere. Auf Überbleibseln von gelben Warnschildern verblasst die Schrift.

- Unbefugten ist der Zutritt verboten.

Bick zieht albern die Schultern hoch und den Körper zusammen.

- Ich möchte eigentlich weitergehen, aber das Tor ist geschlossen.

Hermine schiebt die Zunge angespannt zwischen die Lippen.

- Nach dem Lesen all der Schilder weiß ich immer noch nicht, ob ich befugt oder unbefugt bin.

Huch betrachtet sie nachdenklich.

- Hast du trockene Lippen?

Sie beugt sich zu ihm.

- Ja, besorg mir bitte einen Lippenstift.

Eine Frau trippelt aus der Tiefe des Parks.

- Hallo, ich bin Valerie Perlinger.

Sie trägt ein Bienenkostüm, bringt einen Lippenstift und einen goldenen Schlüssel.

- Darf ich euch das Tor aufschließen?

Bick klatscht in die Hände.

- Du rettest uns.

Valerie dreht den Schlüssel.

- Es ist wirklich nicht so eine große Sache.

Sie stößt das Tor auf, fragt Huch kurzentschlossen.

- Möchtest du mich heiraten?

Er hebt beide Arme.

- Ich wollte eigentlich nur einen Lippenstift für Hermine besorgen.

Valerie reicht ihm den Lippenstift.

- Also gut, da hast du ihn.

Sie lächelt hintergründig.

- Bist du sicher, dass du nicht viel mehr begehrst?

Hermine streicht die Lippen an.

- Du hast schon viel für uns getan. Du bist unsere Freundin.

Bick presst die Beine zusammen.

- Ich hätte gern Kirschen.

Valerie tritt rückwärts ins Grasdickicht.

- Ja, dann kommt in den Park.

Der Weg ist aus Steinplatten gebaut, führt zu einer Park-bank mit weichen Kissen.

Hermine atmet auf.

- Dürfen wir uns hier setzen?

Valerie sagt mit einem Lächeln im Gesicht.

- Sitzen oder liegen, wie es euch beliebt. Auf Wunsch können wir euch noch mehr Kissen bringen.

Bick setzt sich.

- Meiner Meinung nach ist das die bequemste Bank der Welt.

Hermine versinkt neben ihm in den Kissen, schaut Huch an.

- Ich möchte dich um einen Gefallen bitten.

Er verschränkt die Hände hinter dem Rücken.

- Und das wäre?

Sie schlägt mit der flachen Hand auf ein Kissen.

- Alles, was ich brauche, ist ein Mann, der sich zu mir setzt.

Bick holt tief Luft.

- Aber ich sitze doch neben dir.

Hermine dehnt und reckt sich.

- Ja, weil ich mich zu dir gesetzt habe. Aber ich möchte eben, dass sich jemand zu mir setzt. Das ist etwas ganz Anderes.

Huch nimmt neben ihr Platz.

- Ab und zu spielt die Reihenfolge eine Rolle.

Ein Mann marschiert mit baumlangen Schritten durch den Park.

- Hallo, ich bin Arne Freder.

Er trägt ein azurblaues Polohemd und bringt einen Korb voll Kirschen.

- Ich pflücke vom Sonnenaufgang bis zum Untergang. Für wen? Ratet mal.

Hermine nimmt eine Kirsche.

- Für uns.

Seine Stimme vibriert vor Erregung.

- Du hast es erraten. Ich bin hoffnungslos in alle Gäste verliebt.

Bick klaubt eine Kirsche aus dem Korb.

- Würdest du auch einen Mann küssen?

Freder wackelt auf den Absätzen.

- Ja, ich schließe niemanden aus.

Valerie hängt 2 Kirschen an einem Stiel ans Ohr.

- Wir sind stolz auf unsere Kirschen.
Hermine spuckt den Kirschkern in ihre Hand.
- Wo ist der Teller?
Eine Frau kommt in leicht gebeugter Haltung.

- Hallo, ich bin Josie Orlando.

Sie trägt ockergelbe Handschuhe und bringt einen Teller.
- Hier könnt ihr die Kerne reintun. Damit pflanzen wir neue Kirschgärten.
Bicks Blicke schweifen umher.
- Wo?
Josie lächelt ihm mit einem kräftigen Händedruck aufmunternd zu.
- Komm mit.
Sie führt ihn in die Tiefe des Parks.
- Das zeige ich dir gern.
Valerie schiebt die linke Hand in die rechte.
- Josie ist eine ausgezeichnete Gärtnerin.
Freder spreizt die Arme weit vom Körper weg.
- Sie ist meine Freundin.
Hermine stützt den leicht geneigten Kopf nachdenklich in die Hand.
- Wer kümmert sich um mich?
Ein Mann hüpft durch den Park.

- Hallo, ich bin Gustav Holzhüter.

Er trägt ein Fußballshirt mit der Nummer 2 auf dem Rücken und einen Hut.

- Mal sehen, ob ich dir helfen kann.

Hermine springt auf die Beine.

- Aber wie?

Er nimmt schwungvoll den Hut vom Kopf, späht hinein.

- Du hast Glück. Die Lose sind nicht rausgefallen.

Sie öffnet leicht den Mund.

- Was für Lose sind das?

Valerie stellt sich neben Holzhüter.

- Ganz gewöhnliche mit Nummern. Greif zu! Jede Nummer gewinnt.

Hermines Blick schweift zu Huch.

- Willst du auch gewinnen?

Er erhebt sich von der Bank, überlegt lange.

- Ich ziehe gern Lose. Aber ich dränge mich nicht vor.

Sie klaubt ein Los aus dem Hut.

- Ich hoffe, es lohnt sich.

Freder schaut sie von der Seite an.

- Brauchst du Hilfe?

Hermine faltet das Los auf.

- Geht schon.

Sie schreit leidenschaftlich.

- 2 ist die schönste Zahl der Welt. Und ich habe sie gezogen.

Holzhüter umfasst sie zärtlich.

- Schau noch einmal gut das Los an, ob du dich nicht verguckt hast.

Hermine wirft einen zweiten Blick darauf.

- Es stimmt wirklich! Ich habe die 2. Da steht sie schwarz auf Weiß.

Er kehrt ihr den Rücken zu, deutet auf die Nummer 2.

- Dann wirst du meine Frau.

Sie windet sich geschmeidig um seinen Körper.

- Ich hätte nie gedacht, dass ich heute heiraten würde.

Huch spaziert aus dem Park.

- Wenn ich zurückkomme, nehme ich auch ein Los.